MW01320949

J'ai hâte de vieillir

Brigitte Smadja

J'ai hâte de vieillir

Médium
11, rue de Sèvres, Paris 6e

© 1992, l'école des loisirs, Paris
Loi n° 49.956 du 16 juillet 1949 sur les publications destinées à la jeunesse : septembre 1992
Dépôt légal : octobre 2003
Imprimé en France par Bussière Camedan Imprimeries à Saint-Amand-Montrond
N° d'édit. : 5378. N° d'impr. : 034551/1.

Pour ma filleule,
Sarah-Biscochita

C'est un dimanche de mai et je vais passer l'après-midi à traîner avec Karim. Je me demande si je dois oui ou non prévoir mes rollers. Karim ne conçoit plus de se déplacer sans rollers. Il voudra une fois de plus me montrer ses talents, se donner encore une chance de me persuader qu'il est le type le plus épatant de la planète et que j'ai tort de nier de telles évidences.

Je me prépare à prévenir maman en douceur que je monopoliserai le téléphone plus de vingt minutes, sûre à l'avance qu'elle va râler et prétendre qu'elle attend justement un coup de fil très urgent. Maman ne me laisse pas le temps de prononcer ma phrase, elle s'essuie les lèvres, pose ou plutôt jette sa serviette sur la table, se précipite vers l'évier et me dit:

– L'année prochaine, tu changes de lycée, tu feras ta première ailleurs. J'ai trouvé une combine. J'ai honte, j'ai vraiment honte, mais si l'enseignement crève, est-ce une raison pour faire crever ma fille avec?

Nous sommes installées dans la petite cuisine que maman vient de repeindre en jaune à la suite d'une frénésie de changement. Elle me sert mon dessert préféré: des beignets à la fleur d'oranger. Elle n'a pas osé me parler en face, elle a prononcé ces phrases en lavant le plat à gratin qui colle.

Je reçois la nouvelle en pleine figure, un bon uppercut qui me laisse abrutie.

Plusieurs fois déjà, maman a mentionné cette éventualité, mais je n'ai pas voulu y croire. Cela fait partie des «phrases» de ma mère. Elle en a toute une série: «J'en ai assez de traduire des textes stupides» ou encore, lorsqu'elle vient de rompre avec un fiancé: «Mieux vaut être seule que mal accompagnée», et sa préférée qu'elle dit en toute circonstance, qu'elle a dite ce matin encore devant l'évier bouché: «La vie n'est pas un perpétuel bastringue.» Quand j'étais petite, je croyais que ça voulait dire: la vie n'est pas une bagarre permanente, on a aussi des moments de rigolade formidables. C'est assez récemment que j'ai compris que ça voulait dire le contraire et que maman n'est pas l'optimiste convaincue que je croyais.

Je n'ai pas encore l'impression de crever, je n'ai aucune envie de me lever à l'aube, attendre le bus, quitter mes copains, même les plus cancres, surtout les plus cancres, pour me retrouver dans un «bon lycée» où il me faudra affronter des bêtes et me rendre aveugle à force de bosser. Jusqu'ici, les antisèches fonctionnaient à merveille.

Maman débarrasse la cuisine, empile la vaisselle dans l'évier, le lave-vaissselle est en panne depuis une semaine, et ne cesse de parler en s'en prenant aux verres et aux casseroles.

– Ils vont supprimer le bac national, la seconde langue n'est même plus sûre, les élèves et les profs vont apprendre à faire de la pâte à crêpes et visiter non pas des musées mais des entreprises, non mais ça va pas? Comme si tu n'allais pas le connaître assez tôt, le monde du travail! Je vais te mettre dans un lycée avec des profs réactionnaires qui vont te parler de littérature et de trigonométrie et te préparer au bac! Ne discute pas, Marie!

Je n'ai aucune envie de discuter. Ça me fatigue les discussions sur le lycée et l'avenir de l'Education nationale, comme dit maman. Cette fois-ci, sa décision est irrévocable, je l'entends au bruit de la vaisselle. Je sais que, dans ces cas-là, il n'y a pas grand-chose à faire. Il y a des jours comme aujourd'hui, où je n'ai pas envie de lutter surtout qu'il s'agirait d'une lutte pour le principe et que je n'ai jamais bien compris à quoi ces luttes servaient.

Si, bien sûr, on pourrait commencer toutes les deux un débat sur mon avenir, c'est un des débats préférés de maman, mais ça m'ennuie d'avance. Je n'ai pas la moindre idée de mon avenir. Mon avenir, c'est d'aller me balader avec Karim cet après-midi, c'est tout. Après, je ne sais pas. Ça énerve maman mon manque d'imagination totale dès que le mot « avenir » est prononcé. Elle essaie de remplir ce mot pour moi. Elle a tout un attirail d'images : elle me voit médecin en train d'ouvrir le ventre des malades, graphiste dans une grande boîte de pub, avocat défendant des pauvres types et subitement devant mon regard vide, elle me dit : « Je ne sais pas ce que je vais faire de toi. » C'est gai.

Moi, petite, je me voyais bien boxeur. Papa m'avait offert des gants de boxe et j'étais devenue très douée au point qu'à dix ans j'ai cru avoir tué une copine d'un coup de poing dans le ventre. Quand on me demandait: «Qu'est-ce que tu veux faire plus tard?» je répondais «boxeur» et ça faisait rire tout le monde. Maman était très fière de ma réponse et puis ça ne l'a plus fait rire du tout. Depuis ce jour-là, je n'ai plus d'avenir. Ça ne me manque pas tellement. J'ai tout le temps d'avoir un avenir. A seize ans, on a l'avenir devant soi, dit toujours mamie, tellement devant que je ne le vois pas du tout.

Je mange mes beignets sans dire un mot. Maman me lance de temps en temps des petits regards d'encouragement. Dans le fond, ça la perturbe mon manque de réaction. Elle n'y est pas habituée. Elle préférerait une vraie bagarre qui lui donnerait l'impression qu'elle a absolument raison. Je n'ai aucune intention de lui donner ce plaisir.

– Tu verras, ça ira très bien. Tu auras de nouveaux copains. C'est toujours bien de changer de têtes, de trajets, d'habitudes. Hein, Marie? Qu'est-ce que tu en penses?

Maman parle pour elle. Ça fait des années que je l'entends évoquer un déménagement, un changement de métier, un changement d'amis qui seraient l'annonce d'une nouvelle vie. Puis, elle n'en parle plus et elle repeint une pièce ou change la déco de sa chambre, avec l'aide de son amie Claire. Le plus souvent, elle s'achète de nouvelles chaussures et tout rentre dans l'ordre.

Il est temps que je dise quelque chose.

– Je pense seulement que je vais faire une dépression nerveuse. C'est pas grave, maman.

Je quitte la cuisine et je la laisse méditer sur cette phrase qui vient de m'échapper et qui me tord déjà l'estomac.

Le temps est couvert sur l'esplanade de la Défense. Il ne fait plus aussi clair que ce matin, à croire que le ciel a compris lui aussi que des catastrophes se préparent. Je n'aime pas le printemps à Paris. C'est la saison traître par excellence. On croit que ça y est, que le temps des t-shirts sans manches et des baskets sans chaussettes est définitivement arrivé et soudain, sans prévenir, le ciel change de programme, se met à grisailler et c'est l'automne qui recommence. Chaque année, je me fais avoir.

Karim m'attend. Il a mis un blouson blanc et des lunettes noires, des fausses Ray-Ban qui lui donnent l'air d'un jeune type qui veut à tout prix paraître plus vieux. C'est tout à fait Karim, ce genre de plan. Il pourrait aussi bien, un jour, arriver le crâne à moitié rasé pour faire croire qu'il est déjà atteint de calvitie précoce.

Je lui explique que je change de bahut tandis qu'il me montre les dernières figures spectaculaires qu'il réussit sur ses rollers. Je dois reconnaître qu'il est doué mais il n'y a rien à faire, il ne réussit pas à m'éblouir, à me faire tomber raide comme il le souhaiterait.

Ça fait longtemps que nous ne sommes plus tout à fait dans le même délire tous les deux. Karim a réussi à être accepté dans un lycée technique après avoir redoublé sa cinquième et sa troisième et passe l'essentiel de son temps avec son groupe de hard rock et de rap qu'il a baptisé du nom d'un film de Hitchcock parce qu'il est tombé fou amoureux de l'héroïne: «Pas de printemps pour Marnie.»

Je n'aime pas sa musique, lui non plus d'ailleurs, mais il aime son groupe. Nous nous retrouvons beaucoup plus rarement mais nous habitons toujours le même quartier et nous avons des potes en commun: ceux qui font partie du paysage depuis toujours, dont on ne sait plus très bien si ce sont de vrais copains, mais qui existent parce qu'on a partagé avec eux des tonnes d'anniversaires et de fêtes de fin d'année.

Karim est mon plus vieux copain. On se connaît depuis la maternelle. Je l'aime bien. J'ai une prédilection pour les vieux machins. Si maman décide de jeter un jean usé «jusqu'à la corde», je pique une crise. Je ne me suis jamais débarrassée par exemple de mon ours Peluche, un ours borgne qui a perdu tous ses poils et ressemble plutôt à un rat aujourd'hui. Il trône toujours sur mon lit. Maman m'a dit: «Quand tu auras des enfants, tu le leur donneras.» Elle se goure.

– Tu dramatises toujours, dit Karim en s'élançant dans une figure acrobatique digne d'un professionnel. T'es vraiment du genre à t'angoisser comme nana.

– Tu trouves que c'est pas une raison? Je change de quartier. Je ne te verrai plus. Je croyais que ça te ferait quelque chose, un petit pincement au cœur, au moins.

– Non, mais t'as vu comment tu causes? Tu me tues comme nana. Tu me tues vraiment. Ça fait des années que je te cours après et que tu t'en fous. Ça ne change pas grand-chose pour moi, non?

Karim profite de ma stupéfaction à le voir si à l'aise tandis que je lui annonce une nouvelle qui me déprime, pour s'approcher tout près de moi et me voler un baiser. Je le laisse faire. Ce n'est pas un vrai baiser.

Je l'ai connu en même temps que Samuel Pichet qui a été ma première passion, ma première découverte que l'amour est une vraie saloperie qui fait très mal.

Karim n'a jamais rien su ou n'a rien voulu savoir de mes sentiments pour Samuel. « On n'est pas amoureux quand on est môme! A sept ans, on est amoureux une fois par semaine! C'est pas ça l'amour, Marie! » Je n'ai jamais été d'accord avec Karim. Il n'a pas compris que de six à dix ans, j'ai souffert le martyre pour un garçon qui n'en savait rien. Encore aujourd'hui, si je pense à Samuel, il m'arrive d'avoir mal au ventre, ce mal que je n'ai jamais ressenti depuis.

Karim a été amoureux de moi, «fou, tu veux dire», «morgan de toi», «vachement beaucoup», il m'a fait des déclarations enflammées avec l'aide de Rimbaud qui marche à mort dans les déclarations d'amour.

Moi, je rigolais en lisant les poèmes que Karim m'envoyait. Karim n'est pas poète pour un sou. Il m'a avoué, ce qui m'a fait hurler de rire, qu'il avait cherché le numéro de téléphone de Rimbaud sur le Minitel parce qu'il voulait joindre ce «mec» pour lui demander comment faire pour me séduire. Quand je lui ai dit que Rimbaud était mort depuis un siècle et homosexuel, il a été scié et il a répété plusieurs fois de suite: «Je le crois pas, Marie, ma parole, je le crois pas. Il s'est fait avoir, c'est pas possible! C'est dur, pour vous les filles, avec la belle gueule qu'il avait! »

Cette révélation a découragé Karim. Il n'a plus lu de poésie et il a cessé de m'envoyer des poèmes ou des cartes postales représentant les pochoirs de la tête de Rimbaud.

Il m'abandonne le temps d'aller chercher des sandwichs et des Coca. Je veux lui donner de l'argent. Je ne suis pas le genre de fille qui accepte que les garçons paient pour elle. C'est une trace de l'éducation de ma mère qui fait un bilan régulier avec sa copine Claire des désastres du féminisme, je ne sais pas lesquels, mais qui m'a inculqué quelques principes que je ne trouve pas du tout désastreux. Karim refuse.

– Pas question. Laisse tomber. Je me suis fait des tunes cet été en travaillant au MacDo.

– Tu t'es fait exploiter, oui.

– T'as raison, toi, t'as pas voulu y aller. Trop crade pour la princesse.

– C'est pas ça du tout, Karim, et tu le sais très bien. Mais je refuse de bosser dans un endroit où on exploite les gens.

– C'est ça. La différence aujourd'hui, c'est que moi, je peux payer ton sandwich et que toi tu veux me filer l'argent de ta mère. Au fait, comment elle va, Betty? Elle est super, cette meuf...

Karim me vole un deuxième baiser. Je le repousse en riant. Je le regarde s'éloigner.

Parfois, j'aimerais être amoureuse de Karim, un type si bien que je le conseillerais tout de suite à ma meilleure amie si j'en avais une. Je serais sa copine attitrée, il viendrait me chercher à la sortie du lycée, me prendrait par la taille, m'offrirait des bandanas, et roulerait des mécaniques devant tous les garçons. «Regardez la belle nana que je me sors, pas mal hein?» C'est ce que font Jonas et Myriam, Bertrand et Judith. Ils se promènent en se serrant les uns contre les autres et en riant bêtement. C'est ça, l'amour.

Je n'ai plus de nouvelles de Samuel Pichet depuis qu'il a quitté le quartier en sixième ni d'Annabelle Blandin, une fille dont Samuel a été amoureux et qui m'a rendue folle de jalousie. C'est elle que j'ai failli tuer d'un coup de poing puis elle est devenue ma meilleure amie et quand elle a déménagé à son tour, j'ai vraiment cru que la vie ne valait pas la peine d'être vécue.

Elle était la seule à connaître ma passion pour Samuel. On s'enfermait dans la chambre et on commentait une phrase de Samuel, un geste, bref, tout ce qui pouvait être un signe qui confirmait la théorie d'Annabelle selon laquelle Samuel m'aimait mais n'osait pas me le dire. J'étais convaincue du contraire et, pendant des mois, nous nous sommes raconté la même histoire.

Un samedi soir, Annabelle avait dormi à la maison. Maman avait invité Claire et elles discutaient toutes les deux dans le salon. Nous les avons écoutées: Claire racontait qu'elle avait rencontré un mec super et elle commentait le moindre de ses gestes; maman riait bêtement et assurait à Claire qu'il était sûrement fou d'elle. C'était dingue. Elles avaient plus de trente ans, Annabelle et moi, nous en avions onze, et elles se disaient les mêmes trucs que nous et ça durait la nuit entière.

Karim ne revient pas. Il commence à faire frais. Maman avait raison de me dire de me couvrir. Je n'ai pas voulu l'écouter. C'est trop énervant ces conseils qui ne changent pas depuis que je suis petite. «Couvre-toi. Enlève ton pull. Ne t'habille pas en hiver comme en plein été. Ne te déguise pas en montagnard quand c'est la canicule dehors. » Autant de phrases qui n'ont d'autre effet que de m'énerver et de transformer ma mère en mère ordinaire.

Bien sûr, Annabelle et moi, nous nous étions promis de nous aimer toujours. Ce n'était pas un déménagement qui allait changer les choses, même un déménagement en banlieue. Mais le temps passait, la banlieue était loin et quand nous nous sommes revues, quand nous avons essayé de parler à nouveau, il ne se passait plus rien. La magie s'était interrompue, il n'y avait plus que des phrases qui sonnaient vide.

Il ne me reste que Karim. Je n'ai pas envie de le perdre. Je veux qu'il continue à venir me chercher au lycée. Je veux qu'on sèche la cantine et qu'on aille se cacher dans un square pour écouter les derniers morceaux de « Pas de printemps pour Marnie ».

Karim avale ses deux cheeseburgers, une sauce orange coule sur ses lèvres. Je lui tends ma serviette en papier pour qu'il s'essuie. Est-ce qu'on peut être suffisamment amoureux pour supporter d'embrasser des lèvres luisantes de graisse ?

– Et ton père, qu'est-ce qu'il en pense de la décision de ta mère ? me demande Karim.

C'est une question que je ne me suis pas posée et maman non plus.

– Mon père est au Canada. Que je sois dans un bahut ou un autre, il s'en fout.

Je mets l'écouteur sur mes oreilles. C'est nul. Du rap avec des paroles tellement stupides que j'ai du mal à y croire. « Papapa, Papapa, Papapa, dis-moi, est-ce qu'y aura, est-ce qu'y aura, un printemps pour moi ? »

La nuit est tombée sur l'esplanade de la Défense. Il paraît que l'arche est magnifique, que c'est un monument grandiose d'architecture, une œuvre d'art que maman me recommande à chaque fois que j'ai rendez-vous là avec Karim, comme si, à seize ans, on n'avait rien d'autre à faire qu'à contempler le béton sublime de cette fin de siècle.

La Défense, c'est le QG de Karim, « un endroit épatant pour draguer les filles ». Toutes les filles, sauf moi.

Je n'ai pas réussi à terminer mes frites. J'ai gardé le cornet sans m'en apercevoir. Il y a un petit tas de frites ramollies, écrasées, froides, immangeables. Karim me prend le paquet des mains et le jette. Il met son bras sur mes épaules. Je tremble. Il m'enfile d'autorité son blouson blanc. Il est chaud.

– Allez Marie, fais pas cette tête! Moi aussi, j'ai changé de bahut. N'en fais pas une maladie. Il y a pire comme maladie. Il y a le sida ou pire encore: la ménopause!

Je ne peux pas m'empêcher de rire. Karim est le seul garçon qui me fasse rire. Les autres, Jonas, Bertrand, Arthur, je les trouve lourds. Je les aimais bien, avant, quand on jouait au football et que Samuel était encore avec nous. Depuis qu'ils ont seize ans, ils occupent d'autres stades. Ils draguent, ils friment, ils n'ont rien à dire. Après tout, est-ce si grave si je ne les vois plus? Non. Pourtant, ça me rend triste. Je ne suis pas comme maman, je suis une sentimentale: je n'aime pas les changements.

Le mois de juin passe très vite. J'ai l'espoir à la suite d'un superbe ratage à un contrôle de maths de redoubler ma seconde. Rien à faire. Je passe en première.

Mon été tombe à l'eau. Je devais rejoindre papa au Canada mais il déménage aux Etats-Unis, il ne peut pas m'accueillir cet été. «M'accueillir», ce sont ses termes. Il craint que je le dérange. J'ai une conversation avec lui au téléphone. On ne se dit presque rien. Le téléphone, c'est l'instrument le pire pour communiquer, sauf quand on doit parler à quelqu'un que l'on peut voir tous les jours. On ne peut pas dire que je vois mon père tous les jours. Ça ne me manque pas. Question d'habitude.

Je passe l'été chez mamie à Arcachon. Maman vient nous rejoindre mais avec une valise bourrée de papiers, une traduction à finir. Ça fait des années qu'elle finit des traductions. Elle ne vient même pas se baigner avec moi. Elle travaille toute la journée. Elle se débrouille pourtant pour attraper une angine. De toute façon, elle n'aime pas la plage.

J'ai attendu tout l'été qu'il m'arrive autre chose que la routine habituelle de la plage, des coups de soleil, des balades à vélo, des beignets à la fleur d'oranger que mamie me prépare tous les jours, parce que, petite, j'avais déclaré qu'il n'y avait rien de meilleur au monde.

Je me suis mise à délirer au bout de huit jours d'ennui mortel: j'ai guetté tous les jours sur la plage l'arrivée de Samuel. Ça me prend de temps en temps ce délire. Quand je ne comprends pas du tout ce qu'il y a de si extraordinaire à traîner sa jeunesse dans des classes sinistres, sur des plages bondées ou dans une chambre vide, j'imagine que Samuel va surgir. Si je ferme les yeux, que je compte jusqu'à trois et que le feu passe au rouge, j'ai une chance de revoir Samuel aujourd'hui. Je me dis des trucs comme ça. J'en ai tout un stock. Sur les plages d'Arcachon, j'ai déliré grave, matin, midi et soir.

C'était un hasard possible, pourquoi pas? Un type se balade dans la forêt et il tombe sur un crâne d'homme préhistorique, pourquoi, moi, je ne pourrais pas me balader sur une plage du sud-ouest de la France et tomber sur un ami d'enfance?

Sur la plage, je n'ai rencontré que des coups de soleil. Pas terrible, comme rencontres. Je ressemble à une lépreuse. Ça me fait une bonne raison pour finir l'été en t-shirt à manches longues, jean et chaussettes. Maman n'a rien à dire.

Je vois arriver le mois de septembre, les feuilles mortes qu'on ramasse à la pelle.

Petite, j'adorais les collections. Je faisais une collection des prospectus du BHV. Maman l'a jetée. Je lui en ai beaucoup voulu. Maintenant, je ne collectionne plus rien. Je n'ai gardé que la collection des cadeaux que Samuel m'a offerts à tous mes anniversaires, six ans, sept ans, huit ans, neuf ans, dix ans. Cinq cadeaux, c'est maigre comme collection.

J'enfile le nouveau jean que maman vient de m'offrir, un jean teint en violet. D'une manière générale, je déteste les jeans teints, je n'ai jamais voulu en porter mais je ne sais pas pourquoi, j'ai voulu celui-là. Je n'aurais pas mis les pieds dans ce nouveau bahut si maman avait refusé. Maman, ce qui ne lui arrive jamais, non seulement n'a pas discuté mais s'est montrée enthousiaste à l'idée que je réclame un nouveau pantalon dont je n'ai absolument pas besoin. Je la soupçonne de vouloir me le taxer. Je ne trouve pas d'autre raison.

J'enfile mon blouson et mon sac à dos. Maman m'accompagne à la porte en tenant à la main un verre de jus d'orange frais qu'elle m'oblige à avaler pour mieux faire passer mon supplice. Elle a des poches sous les yeux. Elle a dû travailler tard cette nuit. J'avale mon jus, je lui dis «salut» et je vais attendre mon bus. Il fait gris, un vrai temps de rentrée des classes qui sent déjà la petite odeur de l'hiver, les fins d'après-midi noires dans les classes surchauffées.

Sur le chemin, je rencontre Arthur et Jonas. Arthur me siffle en mettant les doigts dans la bouche, un vieux truc qu'il pratique depuis la primaire. Les sifflements me font comprendre que mon jean moule mes grosses fesses. J'ai envie de monter me changer mais trop tard, le bus est là.

Tous les élèves se retrouvent après les grandes vacances par petits groupes, dans la cour immense. C'est ce qui me frappe d'abord: la cour. Elle est recouverte de gravier, pas de béton comme celle de mon ancien bahut qui doit chaque année être tranformée mais qui reste telle qu'elle est, «faute de crédits», une cour grise, une vraie cour, pas un faux parc.

Ici, il y a des arbres, pas des bacs où les plantes ne peuvent jamais pousser et qui se transforment assez rapidement en de gigantesques cendriers; ici, il y a des bancs qui viennent d'être repeints en vert, le vert des bancs de square, pas des bancs à moitié défoncés sur lesquels personne n'aurait jamais l'idée de s'asseoir.

Dès qu'un prof passe, j'entends les commentaires. «Pourvu que je n'aie pas Pitard! Elle peut pas me saquer! Si je l'ai, c'est la mort!»

Je souris bêtement en suivant du regard Mme Pitard qui n'a pas spécialement l'air d'une peau de vache. Elle ressemble à une naine et elle est maigre. Je prends quand même des airs entendus en esquissant un sourire à la fille qui vient de prononcer cette phrase. Elle ne me voit pas.

Les élèves ont des visages habituels.

Il y a de tout: des fanatiques de marques à la mode, affichées sur les sacs à dos, les blousons, les chaussures; des crados aux cheveux sales et aux jeans troués; des tarés de Prince, des rapeurs qui font des démonstrations que Karim jugerait lamentables en dérapant sur le gravier; très peu d'habitants de Neuilly-Auteuil-Passy; bref, une population tout à fait ordinaire. Maman s'est plantée, c'est clair.

Ce lycée ressemble à celui que j'ai quitté mais je ne l'aime pas. Il est trop beau pour un lycée.

Dans l'entrée, il y a de grands panneaux avec des inscriptions gravées en lettres dorées qui datent de la naissance du bahut: «Morale», «Religion», «Instruction». Maman m'a dit que c'était un couvent avant de devenir un lycée de jeunes filles puis un lycée mixte. Elle m'a présenté la chose avec beaucoup de conviction. Elle a une prédilection pour les monuments historiques. La moindre fontaine, la moindre moulure sur un mur, même un volet en bois peuvent plonger ma mère dans un état extatique. «C'était un couvent au début du siècle!» Ça ne m'étonne pas. Karim ne supporterait pas. Je l'entends d'ici. «Ça pue la taule et le fric des riches qui se déguisent en pauvres.»

Depuis quelques jours, sur le conseil de

Karim que j'ai eu longuement au téléphone depuis la rentrée, je m'entraîne à un nouveau rôle. «Ça peut être super de changer de lycée. Regarde moi! J'étais un cancre et dans mon nouveau bahut, j'ai fait semblant d'être un balaise, c'est dingue, mais ça a marché, je suis le meilleur!»

Je serai donc celle à qui on pose mille questions et qui peut raconter n'importe quoi sans qu'il y ait moyen de vérifier si c'est vrai ou si c'est faux.

Dans mon ancien bahut, ce genre de gymnastique était devenu impossible. Aucun prof ne pouvait plus croire que j'étais traumatisée, surtout au moment des contrôles, parce que j'avais très peu vécu avec mon père. Tout le lycée savait que j'étais sortie avec Jonas et Bertrand, que Karim voulait sortir avec moi. Ça m'écœure de penser à ces mots, à cette obsession de savoir qui roule une pelle à qui.

Karim ne parle pas comme ça. Il dit. «Ma vieille, te fie pas aux mecs. C'est terminé, l'école primaire. Jonas et Bertrand sont comme moi. Ils regardent ta bouche en pensant à tes seins. Y a que ça qui les intéresse. Quand ils comprendront que tu n'es pas dans le même délire, ils laisseront tomber.» Il avait raison. Ils ont laissé tomber.

Il ne fait plus de doute pour personne qu'à seize ans, je suis toujours vierge, ce qui n'est plus le cas depuis longtemps pour bon nombre de filles, comme Myriam et Judith qui racontent à qui veut les entendre que c'est supermagique, mieux qu'EuroDisney.

Vierge, c'est le mot le plus obscène que je connaisse. Annabelle était d'accord avec moi. Elle maudissait ses parents qui n'avaient pas réfléchi à la question: elle était née au mois de septembre, elle était vierge jusqu'à la fin de ses jours, l'horreur, la honte. De quel signe es-tu? Vierge. Heureusement je suis Sagittaire, ascendant Lion.

Tiens, cette fille blonde, par exemple, je me demande si elle est comme moi. Non, sûrement pas comme moi. Elle, elle a dû «sauter le pas», moi pas. Je n'y arrive pas. Je n'ai jamais été amoureuse, depuis Samuel. On ne perd pas sa virginité à dix ans et encore moins quand le garçon n'est même pas au courant qu'il suffit qu'il vous regarde droit dans les yeux pour que le ciel tremble.

Dans ce nouveau lycée pourri, je pourrai raconter un certain nombre de bobards et essayer de devenir enfin la fille mystérieuse du lycée que tout le monde veut connaître. Pas dur. Je leur raconterai que mon père s'est marié trois fois et que je n'ai même pas eu le temps de connaître sa troisième femme. Ça, c'est vrai. Quand on commence à raconter des bobards, il vaut mieux glisser quelques vérités. Je pourrai dire aussi que j'ai eu mon premier mec à treize ans, non, treize, c'est vraiment un peu jeune, mettons quatorze. On se serait rencontrés sur une plage à Arcachon et je l'aurais reconnu, un copain de l'école primaire! Je m'accroche à cette idée pour m'aider à supporter l'exil. Je n'aurais pas dû mettre ce jean teint en violet. Aucun élève de première ne porte un jean teint en violet et neuf en plus. Ils doivent trouver ça complètement ringard.

Personne ne remarque ma présence. Je ne sais même pas tout à coup si je saurai parler français au cas où quelqu'un m'adresserait la parole.

La cloche sonne. La sonnerie est vraiment

dégueulasse, ici. Aucune crainte qu'on ne l'entende pas. Rien à voir avec la nôtre qui se détraquait de temps en temps, ce qui nous permettait de bondir hors de la classe une demiheure avant la fin du cours. On sent que la sonnerie ici n'est pas du genre à faire des blagues.

Je suis le flot des élèves qui rejoignent des pions ou des profs pour l'appel. Soudain, je trébuche. Un lacet est défait, je me baisse pour le renouer. Quand je me relève, je comprends que c'est fichu pour moi, que je n'ai aucune chance de jouer le rôle que je commençais à répéter. A l'évidence, ce rôle est occupé par quelqu'un d'autre. Je n'ai aucune chance.

Là-bas, dans la cour, il y a une fille.

Bizarre que je ne l'aie pas encore repérée. Difficile de ne pas la voir. Elle est grande, rousse avec des cheveux très longs, ondulés, qu'elle laisse tomber sur ses épaules et qui cachent en partie son visage, ses taches de rousseur et ses yeux, sûrement verts. Mon rêve. Elle est contre un arbre, jaune et roux. L'automne, pour elle, a du sens, c'est sa saison préférée, pas de doute. C'est scandaleux, ces filles qui sont nées avec un physique inévitable, qui n'ont absolument rien à faire pour que la terre entière sache qu'elles existent.

Elle est dans un coin de la cour. Un garçon s'est approché d'elle et un autre. Elle les a écartés d'un geste. Elle fume des cigarettes. Elle regarde les murs du lycée sans les voir. Elle est ailleurs. Je m'avance vers elle. Si c'est une nouvelle comme moi, je suis sauvée.

La fille rousse s'éloigne. Elle a une démarche qui ne ressemble pas aux filles de seize ans. Elle traverse la cour comme une actrice traverse une scène de théâtre, toute droite, sûre d'elle. Je m'étonne que tous ces crétins n'arrêtent pas de parler de leurs planches à voile, de flirts et de boîtes de nuit pour contempler cette fille qui ne parle à personne et fume des clopes. Où est-ce qu'elle est partie chercher des clopes pareilles qui ont un filtre doré ? Elle traverse la cour exactement en sens inverse du courant.

Demain, je ressortirai mes pulls les plus larges, mes jeans les plus informes, mes godasses les plus crades, je reprendrai ma vieille habitude de me tenir légèrement courbée.

Nous sommes dans la même classe. Elle s'appelle Louise Garel.

Dans l'escalier qui conduit au deuxième étage, j'essaie de lui parler. Je lui dis: «Salut.» Elle ne me répond pas. J'aime bien qu'elle ne me réponde pas, qu'elle se contente de me toiser de la tête aux pieds, de soupirer et de détourner la tête. Une fille comme elle ne prononce pas les phrases convenues: «Alors, t'es nouvelle? C'était comment ton ancien bahut? Tu manges à la cantine? Fais gaffe aux intoxications alimentaires!»

La première heure de cours, nous rencontrons le prof de maths, M. Sfez. Je remplis la cent-dixième fiche de ma scolarité, ces fiches maudites où je dois inscrire que je suis fille unique et que mon père traverse rarement l'Atlantique pour venir me voir.

Céline Boudard s'est assise à côté de moi. Elle pue des aisselles. Ce n'est sûrement pas de sa faute mais ce n'est sûrement pas de la mienne. Je suis très sensible aux odeurs. C'est à cause d'une odeur que j'ai rompu avec Jonas, un après-midi. Il faisait très chaud, il a retiré ses baskets dans ma chambre ; j'ai compris à ce moment précis que ce type était insupportable et qu'il n'avait pas les yeux si bleus, finalement. La sueur fait des auréoles sous les bras de Céline Boudard et l'odeur acide se mélange à un déodorant à la lavande. Le tout me donne une envie immédiate de fuir ce bahut mais je me vois mal expliquer à maman que je veux quitter le lycée parce que, dans la classe, il y a une fille qui pue des aisselles. C'est le genre d'arguments auxquels elle n'est pas du tout sensible. Et puis il y a Louise qui ne remplit pas sa fiche et qui regarde par la fenêtre.

Lorsque j'apprends que Céline Boudard est une bavarde doublée d'une experte en renseignements généraux, je laisse de côté la sensibilité excessive de mes narines et je la bombarde de questions. Très vite, je n'ai pas besoin d'en poser. Je sens que Louise Garel est son sujet préféré, qu'elle pourrait écrire un pavé de trois cents pages sur cette fille. Céline Boudard est la grande prêtresse du Minitel rose du bahut, elle joue les entremetteuses, fait et défait les couples, le genre de filles dont je me méfie, surtout quand elles sont moches et qu'elles transpirent comme celle-là, des filles qui ont du mal à sortir avec un garçon mais qui font croire qu'elles sont au-dessus de toutes ces histoires alors qu'elles ragent de voir les couples s'embrasser en pleine rue.

J'apprends dès la première heure que Louise ne supporte personne, sauf Pierre Kahn, un garçon immense et maigre aux yeux gris qui paraît avoir vingt ans et que Céline me désigne du doigt. Il sort avec Dorothée Rigaud. Elle est assise à côté de lui, une fille assez jolie mais qui a un regard idiot de chien résigné. Dorothée a pour meilleure amie Céline Boudard. Céline insiste bien là-dessus: «Ce salaud de Pierre Kahn détruit ma meilleure amie.»

Tous ceux qui connaissent déjà Louise la détestent; tous ceux qui ne la connaissent pas encore l'évitent comme si elle avait une maladie contagieuse. «Méfie-toi d'elle!» me dit Céline Boudard qui me colle et a décidé de me prendre en charge, alors que je ne lui ai rien demandé.

J'ai l'impression que plus la journée avance, plus je finis par puer, contaminée par son odeur.

Céline sait tout de Louise: elles habitent la même rue. Elle crève d'envie de me dire quels sont les bruits horribles qui courent sur Louise. Je la fais mariner un peu dans son jus. Elle m'énerve. Elle craque, très vite.

– Pierre Kahn est son amant. Elle couche avec lui, ma vieille. Dorothée est ma meilleure amie mais elle est d'une naïveté pas croyable avec les mecs. Elle ne veut pas me croire. Pierre Kahn est l'amant de Louise Garel et de Dorothée, bien sûr. Ça ne le gêne pas, ce salaud. T'en connais, toi, des mecs qui refusent deux nanas en même temps ? Ils sont pas gênés, les mecs. Je n'arrête pas de le dire à Dorothée. J'en suis sûre. J'ai vu Pierre entrer dans l'immeuble de Louise des tas de fois. Elle ne m'a jamais invitée, jamais, pas une seule fois ! Tu te rends compte ? Et on se connaît depuis la primaire ! Elle vit dans un palace, ses parents sont bourrés de fric. Elle a une grand-mère noble qui descend des Bourbon ou un truc du genre. Elle n'a pourtant pas tellement la tronche d'une princesse royale. J'ai pas encore vérifié l'info mais il paraît qu'entre Pierre et elle, ça dure depuis la quatrième. Mais ça, ne le répète pas, ça me gênerait pour eux que ça se sache.

Elle m'a balancé sa tirade entre les raviolis et le camembert plâtreux. Pour la remercier, je lui ai filé mes pêches au sirop.

Pierre est le seul à approcher Louise. Cette raison me semble suffisante pour le classer dans la catégorie type-exceptionnel-à-connaître-de-toute-urgence. Que Dorothée lui ait sauté dessus et que Céline ait frôlé l'infarctus quand elle a appris la nouvelle ne me surprend pas. Il porte des lunettes de myopie aux montures très fines en écaille.

Céline est ravie que je sois dans la confidence. Elle n'aurait pas supporté que quelqu'un d'autre raconte l'histoire de Louise Garel. C'est elle, Céline, l'experte, elle qui sait. C'est son rôle à elle de liguer tout le monde contre Louise. Pierre aussi est visé mais il est plus épargné, soit parce qu'il est un mec et qu'il est si évident que les mecs sont des salauds que ce n'est même pas la peine de leur en vouloir, soit parce que Céline qui est grosse, couverte d'acné et qui transpire, aime Pierre et vit cette passion par Dorothée interposée. Bref, Céline a convaincu tout le lycée que Louise est une garce. Visiblement, elle a réussi.

Nos regards se sont croisés pendant le cours de Mme Pitard, car nous avons Mme Pitard, la terreur du bahut, professeur d'histoire-géo. Tout de suite, je sens à qui j'ai affaire: elle pue le vin rouge. Elle a commenté son voyage en Corse avec une carte de la Corse à l'envers. Comme Othello Fernandez a eu un fou rire, elle lui a aussitôt collé un avertissement. Le genre de prof névrosée expéditive comme celle qui s'était prise d'une véritable haine pour Karim, censé être tellement nul qu'il était inutile de lui fournir la moindre explication, condamné à être un cancre, rôle que Karim a immédiatement endossé jusqu'à être viré du bahut.

Louise ne dit rien. Elle regarde de temps en temps Céline et elle sourit. Louise a compris que Céline parle d'elle. On dirait que ça l'amuse.

J'aimerais être comme elle, ne pas être atteinte par toutes les phrases qui tuent, par tous les jugements des autres, mais je me sens obligée de mentir, de jouer la comédie, de raconter que j'ai «un mec». C'est ce que j'ai dit à Céline Boudard pour la calmer, pour qu'elle fasse son boulot et informe tout le bahut que Marie n'est pas une petite nana qui a envie de se cacher sous terre dès qu'un mec la complimente sur ses fesses.

Louise a un amant depuis la quatrième. Tout le monde le sait et elle s'en fiche.

Le soir, je rentre à la maison, crevée.

Maman est là. Elle a dû s'arranger pour rentrer tôt et elle me regarde d'un petit air coupable qui me demande de la rassurer.

– Alors, ma Tchoupinette, comment ça s'est passé cette journée?

– Tu pourrais pas t'arrêter de me donner ce surnom ridicule? Ça ne te fait rien que j'aie seize ans et demi, bientôt dix-sept?

– Bon, d'accord, OK, on ne s'énerve pas.

Elle m'énerve quand elle dit cette phrase. Je me fais couler un bain et je réponds à son attente. Je décide de dire quelques vérités. Ça suffira pour ce soir.

– C'est un bahut comme les autres. Les profs sont seulement plus vieux, à part la prof de français. Le prof d'histoire est une caractérielle alcoolo, et la seule fille qui m'ait adressé la parole pue des aisselles. C'est super.

Je n'ai rien d'autre à ajouter. Je mets une bonne dose de gel moussant dans l'eau chaude.

Maman serait vraiment anéantie si elle apprenait que la seule fille qui m'intéresse, la seule personne qui vaille le coup dans ce «bon lycée» est une nymphomane, que son amant est dans la même classe que nous et qu'il sort avec une autre fille. J'ai bien fait de ne pas en dire plus. Je n'ai aucune envie de faire de la peine à ma mère.

J'ai envie d'appeler Karim mais je ne le fais pas. Il commencerait immédiatement à me lancer des vannes et voudrait à tout prix inviter Louise à faire du roller sur l'esplanade de la Défense en lui collant sur les oreilles le dernier morceau de «Pas de printemps pour Marnie»; il passerait son temps à retirer et à remettre ses fausses Ray-Ban en pensant qu'il n'y a rien au monde de plus sexy. Ce serait un désastre. Pour lui.

Je constate tous les jours que Louise ne fait rien en classe. Parfois, elle sèche les cours ou bien s'endort carrément sur une table. Aux interclasses, elle fume ses longues cigarettes à bouts dorés. Personne ne lui dit rien. C'est ce qu'il y a de plus fou. Personne ne dit rien, ni les profs ni les élèves.

Mme Pitard pique une crise de nerfs, trois heures par semaine, en nous traitant de cancres, en se plaignant que le niveau baisse devant l'indifférence générale. Nous sommes blindés contre ces insultes qui ressemblent, et c'est vrai pour elle, à des propos d'ivrogne. Mme Pitard hurle sans se méfier de son haleine douteuse. Il n'y a qu'une personne devant laquelle elle ne hurle pas, c'est Louise. Je suis même sûre qu'elle l'aime, qu'elle la protège. Ça rend Céline Boudard hystérique. « Mais qu'est-ce qu'elle lui a fait, à Pitard, pour la transformer en agneau ? » C'est une preuve de plus pour elle que Louise est une garce, une sorcière qu'il faudrait immédiatement dénoncer à l'Inquisition et faire rôtir sur un bûcher.

Le mois de novembre est passé. Je n'ai pas voulu fêter mon anniversaire. Maman a pourtant insisté mais elle a dû se contenter de me préparer les traditionnels beignets à la fleur d'oranger. Je l'ai suppliée de ne rien changer à son programme et d'aller au cinéma avec Claire. Je savais qu'il n'était question ni de Claire ni de cinéma mais d'un homme. Je jurerais même que cet homme, c'est Gérard, un ex, que j'aimais bien et qui vient tout à coup de faire sa réapparition après plusieurs mois de silence radio.

Maman ne sait pas mentir. J'entends à sa voix dès qu'elle ment: elle détache chaque syllabe et répète son mensonge plusieurs fois. Je n'ai rien dit. Je respecte les gens qui mentent. Ils ont toujours de bonnes raisons.

Toute seule dans ma chambre, j'ai avalé mes beignets en écoutant John Lennon et en pensant à Louise. Papa a oublié de me téléphoner pour me souhaiter mon anniversaire. « C'est sûrement à cause du décalage horaire », a dit maman.

Décembre arrive. D'un seul coup, c'est l'hiver. On caille.

Ce matin, maman a piqué une crise à cause d'un jean blanc. C'est un truc bizarre de maman: elle aurait mille raisons de piquer des crises si elle regardait par exemple de temps en temps mes notes, mais elle pique des crises pour un jean blanc et dès le petit déj, histoire de bousiller l'ambiance pour la journée.

J'ai gagné. Mon argumentation était infaillible. D'abord, tout le monde dans ce lycée porte des jeans blancs, ensuite il n'y a aucune raison de refuser un jean blanc quand on accepte un jean violet. Maman s'est sentie nulle quand elle a osé me dire: «Ce n'est pas une couleur d'hiver.» Dehors, il neigeait... Je n'ai même pas répondu. J'ai laissé résonner la phrase et je me suis tirée.

Rodrigue me fait des compliments et s'assoit

à côté de moi. Ça fait un petit moment que j'ai mis les distances avec Céline quoique, avec l'hiver, son odeur soit moins forte.

Louise n'est pas là. Je le remarque tout de suite.

Tous les jours, je la guette et je commence à m'irriter de cette attention que je lui porte pour rien. Je l'ai même suivie jusque chez elle. Elle a disparu derrière une porte bleue et je me demandais si Céline Boudard n'avait pas tout inventé quand j'ai vu Pierre Kahn traverser la rue et disparaître à son tour derrière la porte bleue.

M. Sfez commence son cours. En maths, Sfez, c'est un génie. Maman ne s'est pas trompée. Il assure. Le seul problème, c'est que moi, je n'assure pas du tout. Mais ça, maman ne veut pas le comprendre. Elle s'imagine toujours qu'il suffit que j'aie un bon prof pour que tout s'arrange. Elle ne peut pas admettre que je suis tout simplement nulle en maths, qu'il y a un rideau noir qui s'abat sur tous les chiffres, les courbes, les fonctions, à mesure que le prof explique. Au début, j'essaie de comprendre, après tout, les profs de maths utilisent des mots comme tout le monde, mais très vite, je m'aperçois que le rideau tombe ou qu'il est déjà tombé, c'est trop tard, j'ai raté le premier acte et je ne comprends plus rien. Je prends quand même l'air studieux. C'est un vieux truc que je pratique depuis longtemps. Rien ne ressemble plus à un élève attentif qu'un élève qui a l'air attentif. Ça me vaut toujours sur mes bulletins des remarques qui tempèrent le désespoir de maman: «De la bonne volonté», «Ne doit pas se décourager». Je ne suis pas découragée. Je m'en fous. Je suis sûre que ce n'est pas mon incompétence dans les calculs de probabilités qui m'empêchera de vivre.

Un bon prof, comme Sfez, c'est pire pour moi: je deviens franchement mauvaise; un mauvais prof, c'est mieux, j'ai plein d'excuses.

Rodrigue m'assure de son soutien pour le contrôle que Sfez nous annonce. Ça me fait peur. Je ne sais pas quel prix Rodrigue compte me faire payer. C'est avec une promesse de ce genre que j'ai dû accepter que Bertrand sorte avec moi. J'aurais préféré assumer mes sales notes en maths: Bertrand est un obsédé des baisers baveux.

J'ai de bonnes raisons d'avoir peur de Rodrigue. Lui aussi, il porte des lunettes noires en plein hiver et il frime à mort, pas du tout comme Karim qui est un faux frimeur, toujours prêt à se moquer de lui-même. Rodrigue Dupré est très sérieux, il met du gel sur ses cheveux noirs et frisés et il n'est bon en maths que pour draguer les filles. Ça fait un moment qu'il a repéré mon regard paumé chaque fois que Sfez me fait passer au tableau. «Si tu veux, je peux te filer un coup de main, Marie.» J'ai compris et je flippe. Je n'ai aucune envie de me retrouver seule avec Rodrigue, mais ma moyenne trimestrielle en maths est de 6 sur 20 et maman a presque pleuré en lisant la note. Je ne supporte pas de lui faire de la peine. Peut-être que, pour cette fois, je pourrais pomper sur Rodrigue. S'il me demande: «Qu'est-ce que tu fais samedi?» j'inventerai que j'ai une grand-mère malade que je vais voir précisément tous les samedis, à l'hospice. J'ai préparé ma copie en soulignant mon nom, la date et «Contrôle de maths 4». Elle est impeccable, cette copie. A chaque fois que je prépare ma copie en maths, je prends un soin particulier ; tout est nickel et j'imagine qu'elle ne peut être salie que par un 18. J'ai beaucoup trop d'imagination. Rodrigue me fait un clin d'œil. Il a l'air sûr de lui, sûr que je vais lamentablement sécher.

On frappe. C'est Louise, je le sais. Tous les regards se tournent vers la porte.

Sans attendre la réponse de M. Sfez, elle est entrée.

Elle porte une robe de soie noire, du rouge à lèvres sang, un châle en soie orange. Elle rejoint sa place en titubant sur des talons-aiguilles qui lui donnent une allure de femme saoule. Tout le monde la regarde et n'ose même pas un murmure.

M. Sfez devient tout rouge. Il regarde Louise comme si elle était une apparition sortie tout droit d'une revue porno. Ses yeux brillent et parcourent le corps de Louise. A-t-il remarqué que le rouge à lèvres était mal posé et débordait légèrement la lèvre inférieure ? A-t-il remarqué que le collier de perles s'arrêtait à la naissance des seins ? Il reste là, figé, tandis que Louise murmure un «Je m'excuse» et va s'asseoir à sa place, au premier rang.

Il est dégoûtant avec son gros ventre en avant, retenu par une ceinture en cuir noir élimée. Ce n'est plus un prof, c'est un homme. Il paraît que les hommes d'un certain âge, à partir de quarante ans, craquent facilement pour les jeunes filles. Ils leur trouvent un je-ne-sais-quoi, une naïveté, une fraîcheur renversante. A les entendre, les jeunes filles ressemblent à des yaourts avec date de consommation écrite sur l'étiquette et les femmes comme ma mère ressembleraient au mieux à du lait longue conservation. J'ai entendu un copain de Claire raconter cette théorie du charme de la jeune fille, un soir à la maison, en me reluquant comme un vieux porc.

M. Sfez tousse et essaie de parler à Louise. Ça donne ces sons: «Lou... Lou... Louise... Gaga...»

Louise le regarde. Elle éclate de rire. Nous aussi. C'est un déferlement de rires qui n'arrive plus à se calmer. J'ai mal à la mâchoire.

Le contrôle est annulé. Personne ne songe à remercier Louise, sauf moi.

J'ai entendu Pierre lui murmurer entre deux cours: «Tu deviens dingue, Louise.» Elle lui a répondu: «Ferme-la, Pierre Kahn» et a fait résonner ses talons dans le couloir, en se déhanchant. Rodrigue l'a sifflée mais elle ne s'est pas retournée. Rodrigue aussi portera un jour un costume gris et camouflera son ventre d'un gilet.

Le lendemain, nous attendons tous une arrivée spectaculaire. Moi aussi, je suis comme eux, impatiente que le spectacle commence. Je ne supporte pas d'être de leur côté. Je fais celle qui n'attend rien de particulier et me concentre sur un exercice de maths incompréhensible.

Louise est à l'heure, en jean, baskets et duffle-coat, le visage pâle et les yeux rougis. M. Sfez cache à peine sa déception. Qu'espérait-il? Qu'elle arrive en maillot de bain et chapeau de paille en plein mois de décembre?

– Elle ne sait vraiment pas quoi inventer pour se rendre intéressante, a dit Céline Boudard. Il vaut mieux ne pas l'approcher, cette fille-là. T'as vu Sfez, quand elle s'est pointée hier avec sa robe du soir? C'est une allumeuse. C'est comme ça qu'elle a eu Pierre Kahn, qu'elle a tous les mecs qu'elle veut, cette salope. Et ces profs qui ne disent rien. C'est vraiment dégueulasse.

Céline Boudard a levé les mains pour prendre Dieu à témoin. Elle a changé de déodorant. Celui-là est parfumé fraîcheur des îles.

J'observe Louise.

Je lui ai même écrit deux lettres que j'ai déchirées, j'essaie de lui faire comprendre qu'elle m'intéresse, que ça m'est égal tous ces ragots. Mais je me sens gauche, je me sens môme avec ma vie tranquille de petite fille gâtée par une mère poule qui me réveille encore tous les matins et me prépare des tartines, des beignets et de la crème de marron avec de la crème chantilly qu'elle fait elle-même. Si Louise me parle, je serai obligée de lui dire que je suis vierge. Il vaut mieux qu'elle ne me parle pas.

C'est aussi difficile d'approcher Pierre Kahn. Dorothée ne le lâche pas une seconde. On ne les voit jamais l'un sans l'autre. Cela n'empêche pas Pierre d'échanger avec Louise des regards qui me donnent la certitude qu'ils se connaissent bien, malgré toute la vigilance de Dorothée. Elle aussi, elle le sait. Elle regarde Louise parfois comme si elle voulait la tuer. Si le crime n'était pas aussi sévèrement puni, et si la vie ressemblait davantage à un western, Louise Garel serait abattue par Dorothée Rigaud d'un coup de poignard dans le dos.

Je deviens comme Céline Boudard, j'épie constamment Louise, Pierre et Dorothée, j'essaie moi aussi de savoir. Ça m'écœure.

Ce week-end, je suis allée au cinéma avec Rodrigue. Pas pour préparer le terrain en vue du prochain contrôle de maths mais dans le seul but de lui tirer quelques infos sur Louise et Pierre. Rodrigue m'a fait le plan du MacDo mais il manque de classe. Rien à voir avec Karim: c'est moi qui lui ai payé son Coca et ses frites. Il m'a répété mot pour mot les tirades de Céline Boudard. Il connaît sa leçon par cœur. J'ai failli le planter sur le trottoir, dans la queue du cinéma. Il voulait à tout prix m'initier à un cinéaste qu'il adore. Au bout de dix minutes du film, il a retiré ses lunettes noires, j'ai tout de suite compris où il voulait en venir. J'ai soupiré et je me suis tirée en lui disant: «Excuse-moi, je ne me sens pas bien.»

C'était *Mauvais sang*, un film de Carax, idéal en cas d'insomnie. Il faudra que je trouve quelqu'un d'autre sur qui je pourrai pomper en maths.

En mars, juste avant les conseils de classe, Mlle Tresalet nous file une dissert à rendre de toute urgence. «Peut-on considérer qu'il y ait des événements qui transforment radicalement la vie des individus?»

Tout le monde râle. Dorothée Rigaud, qui se confirme comme débile grave, exige une explication. Elle trouve le sujet trop difficile. Je ne comprends pas comment Pierre Kahn qui est loin d'être un abruti puisqu'il est l'ami de Louise peut se traîner avec cette fille, qui n'a qu'un atout valable: elle est très maigre.

Tresalet, qui confond tout et veut nous persuader qu'elle est d'une intelligence hors normes, nous conseille de lire des passages de Freud et entreprend de nous expliquer un peu la psychanalyse: «Ce qui vous fera prendre un peu d'avance pour l'année prochaine.» Ça me fait rire.

Elle s'attend à ce que je parle d'événements

traumatisants, de vrais drames bien sanglants, le fait que mon père se soit tiré par exemple au Canada en nous abandonnant froidement ma mère et moi quand j'avais quatre ans, le fait qu'une guerre se déclenche et entraîne une avalanche de victimes innocentes.

Moi, je suis certaine que ce ne sont pas du tout des événements comme ceux-là qui bouleversent les vies mais des petits machins absolument sans importance, des hasards de la vie qui tout à coup vous tombent dessus et vous matraquent définitivement et sans raison comme le hasard qui a voulu que je rencontre un jour à la maternelle Samuel Pichet et que je sois incapable aujourd'hui de penser à lui sans flipper.

C'est ça qui est bizarre. On apprend que la vie s'explique par tel ou tel traumatisme d'enfance. On se met à lire Freud et d'autres grands pontes de la psychanalyse, on devient persuadé qu'il faut aller fouiller dans des souvenirs lointains pour comprendre cette envie qu'on a soudain de s'enfermer dans sa chambre, de ne voir personne et d'écouter pendant vingt fois de suite la même chanson. Mais tout ça, tous ces trucs psychologiques, c'est une gigantesque plaisanterie, un canular génial auquel tout le monde croit.

Je n'y crois pas du tout, et je sais de quoi je parle. J'ai passé des mercredis et des samedis dans le salon de Mme Dumouchel, une psychothérapeute sympa, à faire des dessins et à lui parler de mon père. Je le faisais uniquement pour faire plaisir à ma mère. Ça la rassurait de savoir que je pouvais parler de ça avec quelqu'un. Moi, je ne pensais qu'à Samuel Pichet. Quand j'ai pu parler à Annabelle, je n'ai plus voulu voir Dumouchel. Maman a fait des économies. Elle a repeint toute la maison et on s'est payé un voyage en Italie.

J'ai expliqué tout ça dans le devoir de français.

J'ai eu 8 sur 20. Dès qu'on s'amuse à dégommer des grands noms, on se ramasse. Les profs nous demandent de réfléchir, c'est-à-dire de réfléchir comme eux.

Louise, elle, a eu 17. Toute la classe est ahurie à l'annonce de cette nouvelle. Tresalet insiste sur la qualité exceptionnelle de la réflexion, sur la maturité, sur le style, et elle encourage Louise «à persévérer dans ses efforts».

Louise refuse que Tresalet lise son devoir. Je paierais pour le lire. Qu'est-ce qu'elle a pu raconter? C'est aussi la question que me pose Céline Boudard et ça me dégoûte de penser que je peux avoir les mêmes pensées que cette fille. Céline Boudard me précise, je ne sais pas d'où elle tient cette information, que Louise serait experte en psychanalyse: «Si elle a raconté dans son devoir toutes les saloperies qu'elle a faites dans sa vie et qu'elle a un 17, alors, c'est plus la peine de bosser.» J'en déduis que Céline n'a rien à raconter et que ça la tue. Ça ne me fait aucune peine.

Le surlendemain, j'ai la preuve que ma théorie est juste, que la vie se transforme en coup de poing, sans qu'on s'y attende, et que depuis des mois, dans ce nouveau lycée, j'attendais un événement qui allait tout changer, qui romprait la monotonie de ces semaines sans but, ponctuées de contrôles.

Tresalet achève en avance son cours et rend à Dorothée Rigaud la copie qu'elle avait remise en retard. Elle a 0.

– Tu as fait un hors-sujet et je ne demandais pas qu'on raconte sa vie privée. J'ai expliqué cent fois, Dorothée, qu'on pouvait tirer parti de son expérience à condition d'en faire une analyse. Mais tu te rattraperas, Dorothée. Ce n'est pas grave.

Dorothée prend sa copie. Elle est toute rouge. Rodrigue, qui ne m'adresse plus la parole depuis que je l'ai planté en plein ciné, ricane avec Othello.

Pierre Kahn arrache la copie des mains de Dorothée, la parcourt et la déchire. Dorothée pleure. La scène n'a duré que quelques secondes.

Céline Boudard, qui recommence à transpirer avec le retour du printemps, n'a rien vu. «Qu'est-ce qui se passe? Qu'est-ce qu'elle a? Qu'est-ce qu'il lui a fait encore, ce salaud? Pourquoi elle pleure?»

Mlle Tresalet s'apprête à intervenir mais elle ne se décide pas. Elle regarde Pierre, Dorothée, Pierre, Dorothée. Tout le monde attend. Il ne se passe rien. Tresalet tire sur sa jupe en Lycra qui remonte toujours, ce qui excite Rodrigue et Othello qui attendent le moment où on verra son slip. Ce moment n'arrive pas.

Soudain, Louise lève la main, elle qui ne la lève jamais, et dit d'une petite voix polie qu'on ne lui connaît pas, une voix d'élève sage, mûre pour le concours général: «Est-ce que vous accepteriez que je fasse un exposé sur le dix-huitième siècle? J'aime bien le dix-huitième siècle.»

Personne ne comprend. Des rires fusent. Seul Pierre paraît inquiet. Il regarde Louise et comme Dorothée rit nerveusement, il met sa main sur la bouche de sa copine.

Tresalet retrouve son sourire de jeune égarée parmi les pachydermes du lycée, fanatique des activités d'éveil et des débats en tout genre, admiratrice des animateurs télé. Elle accepte aussitôt sans cacher son enthousiasme.

– Vraiment Louise, tu en es sûre?

Louise sourit. Elle ne fait jamais d'exposé, sèche les cours, et certains profs, comme Sfez, la menacent déjà d'un renvoi tout en reconnaissant qu'elle est brillante. Seule Pitard, on ne sait pourquoi, s'obstine à la défendre et lui met toujours des bonnes notes même quand Louise ne rend pas les devoirs.

Tresalet, persuadée de faire une action pédagogique top niveau en laissant Louise Garel s'intéresser à un domaine de son choix et trop contente de constater que l'intérêt de Louise est littéraire au contraire de celui de Dorothée Rigaud qui a fait il y a quinze jours un exposé sur le dressage des chiens d'aveugles, a approuvé et sourit à Louise comme on sourit à un malade condamné auquel on est heureux de passer les derniers caprices.

Louise ajoute: «J'aimerais bien que deux élèves m'aident, ce sera difficile.» Tresalet se laisse bluffer. J'applaudis Louise en silence.

Nous attendons tous le verdict de Louise.

Elle nous dévisage lentement et fait des grimaces quand ses yeux se posent sur un visage ou un autre. Elle a même esquissé un sourire de dégoût en regardant Céline Boudard, Rodrigue Dupré et Othello Fernandez. «Rodrigue Dupré et Othello Fernandez! C'est une blague! Comment peut-on donner à ses enfants des prénoms aussi dingues?» me demande maman trois fois par semaine. Céline Boudard se met à suer de partout. D'habitude, tout est concentré sur les aisselles, cette fois, la sueur fait briller son visage. Elle passe une main sur son front et, je ne sais pas ce qui lui prend, elle attrape ma main et la serre ; ça fait mal, ça fait sale, le contact de cette main moite sur la mienne.

Louise choisit d'abord Pierre Kahn. Il y a un murmure immédiat. Cela nous semble aller de soi. Dorothée dit suffisamment fort pour que tout le monde entende : « Refuse, refuse, Pierre, tu n'es pas obligé d'accepter. » Louise ne se donne même pas la peine d'attendre la réponse de Pierre ni de regarder Dorothée. Elle relève tranquillement ses cheveux et en attache quelques mèches avec un peigne.

Céline Boudard se tourne vers moi et me dit : « Tu vois bien que c'est une salope. Tu voulais une preuve, tu l'as. T'as vu sa tignasse ? Rien qu'à voir sa tignasse, on comprend tout. »

Je regarde Louise et sa cascade rousse puis je regarde la « tignasse » de Céline : des cheveux sans couleur, plats, misérablement tirés en arrière et resserrés en une minuscule queue de rat.

Louise continue à laisser planer un silence, une menace. Après Pierre Kahn, il lui reste à désigner quelqu'un d'autre. Elle fixe pendant quelques secondes Rodrigue, qui baisse la tête. Je ne peux pas m'empêcher de sourire. Il ne frime plus du tout, Rodrigue, il a la trouille, c'est *Mauvais sang* en direct. Enfin, Louise dit, tout en regardant Rodrigue: «Je choisis Marie Watson.»

Le silence se prolonge longtemps.

C'est moi qu'elle a choisie et je ne sais plus si je suis folle de joie ou de terreur. Je sais seulement que Tresalet est stupide de m'avoir collé une sale note, que ce choix de Louise est précisément l'événement qui va transformer radicalement ma vie. Céline Boudard me dit: «Te laisse pas faire, Marie!» Je ne lui réponds pas.

Pierre a les yeux fixés sur moi. Il fait une grimace. J'ai l'impression de tomber, c'est une chute, comme dans les rêves où je tombe, je tombe, où je voudrais que ça s'arrête et que ça ne finisse jamais.

Louise m'informe que nous nous donnerons rendez-vous chez elle le samedi après-midi pour préparer l'exposé. Elle ajoute en souriant: «Tu aimes bien le dix-huitième siècle ? » C'est la première fois qu'elle me parle.

Je lui réponds : « Oui, c'est super », angoissée à l'idée qu'elle pourrait me poser des questions et découvrir que je suis ignare. J'ai juste en tête deux noms : Voltaire et Rousseau. Voltaire, parce que maman avait un copain qui habitait quai Voltaire ; Rousseau, parce que j'avais au même moment un copain qui s'appelait Rousseau et que maman m'avait demandé si son prénom était Jean-Jacques. Elle avait beaucoup ri et j'ai eu droit à un cours rasoir comme maman sait parfois les faire. Je n'ai rien retenu, sinon qu'il s'agissait de deux philosophes du dix-huitième, c'est-à-dire que viendrait un moment dans l'année où je devrais apprendre des choses très barbantes.

Louise a sûrement une tout autre idée du dix-huitième siècle.

Louise Garel habite tout près du lycée, rue de Clichy.

Il faut traverser un porche, ouvrir une double porte après avoir sonné à l'interphone. Lorsque les portes s'ouvrent, Paris n'existe plus. Les Garel habitent un hôtel particulier avec un jardin.

Céline Boudard n'a pas menti.

Je panique, plantée là, immobile dans ce décor de ciné et je ne me sens pas du tout une star. Je n'ai rien à faire ici. Ce n'est pas un lieu pour moi. Je n'aurais pas dû mettre mon jean violet et mes tennis blanches sont trop sales. Je pense à notre petit trois-pièces avec vue sur cour, au sixième étage sans ascenseur, je pense à Karim qui vit avec sa mère, son père et ses sœurs jumelles dans une loge de concierge qui sent toujours la friture de poisson et le renfermé.

« Je ne pourrai jamais inviter Louise chez moi. Elle ne pourra jamais rencontrer Karim. »

J'ai envie de m'en aller, d'aller passer un week-end tranquille avec Karim qui me racontera ses dernières conquêtes et me fera écouter les derniers morceaux de « Pas de printemps pour Marnie ». Il me donnera une leçon de rock acrobatique en se foutant de moi qui suis raide, incapable de suivre ses directives. « Laisse-toi aller, Marie, je vais pas te bouffer, merde, c'est juste une danse ! » Dans la petite loge, Karim se débrouillera pour faire griller du pop-corn, il boira un peu de vin blanc et il essaiera une fois de plus, mais sans y croire, de me donner un vrai baiser, un baiser bien baveux censé m'emporter vers je ne sais quel septième ciel.

Karim n'est plus là. Je l'ai à peine vu, cette année. Je lui ai demandé de venir me chercher un jour au lycée, pour faire croire que moi aussi j'ai un mec, arrêter toutes les questions de Céline Boudard. J'ai désigné Louise à Karim. Il a dit en la voyant : « Pas mal, la gonzesse. » J'ai détesté ce mot que Karim se permet d'associer au nom de Louise. Elle n'est pas une gonzesse, elle n'est pas la fille perverse désignée par Céline. Il y a autre chose qu'ils ne comprendront jamais. Et moi, est-ce que je comprendrai?

Soudain, le visage de Louise apparaît à une fenêtre du premier étage encadré par des géraniums-lierres rose fuchsia. Cette image, je ne l'oublierai jamais. Cette image, je la reconnais, je l'ai déjà vue. Autrefois? Dans un rêve? Dans une autre vie? Où? Quand? J'ai déjà été là, moi, Marie Watson, dans cette cour de la rue de Clichy et il y avait cette maison à deux étages en plein Paris, ce balcon, ce perron, et le visage de cette fille rousse au premier étage, encadré par des fleurs rose fuchsia. Tresalet appellerait cette impression un phénomène de paramnésie et Dorothée Rigaud voudrait faire un exposé sur la parapsychologie, les tables qui tournent et les vies antérieures. L'impression s'envole. Il ne me reste que des certitudes: je ne pourrai plus jamais parler à Karim comme avant, ses poèmes ne me feront plus rire, je ne passerai plus des samedis à faire du roller avec lui sur l'esplanade de la Défense, je serai la seule amie de Louise Garel.

– Marie ! Marie ! Viens ! Viens ! Entre ! Je suis là !

Je franchis le seuil de la maison. Je me retrouve dans un vestibule, grand comme notre appartement. Je monte lentement l'escalier intérieur, un escalier en pierre, qui conduit à la chambre de Louise.

Je pense à maman. Lorsque j'étais petite, elle disait d'un commun accord avec sa meilleure amie Claire que le comble du chic était de pouvoir dire à ses enfants sur un ton autoritaire : « Monte dans ta chambre. » Claire et maman espéraient gagner au Loto seulement pour ça : s'acheter à Paris une maison et dire : « Monte dans ta chambre ! » Elles n'ont jamais gagné au Loto et elles ont des enfants si vieux maintenant que la phrase n'aurait plus de sens.

Louise m'attend en haut de l'escalier. Elle sourit et elle me fait une bise sur la joue comme si nous étions amies depuis longtemps et que j'étais la seule à l'ignorer.

Ses cheveux sont relevés en chignon ; elle est légèrement maquillée ; elle est belle.

J'aperçois mon visage dans un miroir du couloir. Je déteste les miroirs. Ils me renvoient une image que je préférerais ne pas voir. C'est moi, cette fille ni grande ni petite, c'est moi cette fille ni belle ni moche, c'est moi cette fille ni grosse ni maigre, c'est moi. Je me détourne.

Nous nous installons dans sa chambre, une chambre comme je n'en ai jamais vu, comme je n'en verrai jamais.

Louise n'a pas d'armoire. Deux tringles ont été fixées le long du mur et tous les vêtements sont suspendus. Tous, y compris ses chaussettes, ses soutiens-gorge, et même ses slips. C'est comme le linge qui sèche dans le jardin de mamie, à Arcachon, mais il n'y a pas de jardin et le linge restera suspendu, ne sera pas ramassé, plié, rangé. Tout est déballé, là, sur des cintres, posés sur deux tringles qui semblent tenir par miracle. Je ne supporterais jamais de montrer comme ça mes affaires. Non seulement les miennes sont rangées mais l'armoire est fermée à clé et personne n'a le droit de venir y fouiller.

Comment les parents de Louise peuvent-ils accepter ce spectacle ? Comment a-t-elle eu cette idée ? J'ai envie de lui poser la question, ça ferait une entrée en matière, un bon sujet de conversation mais je ne veux pas. Tout le monde doit poser cette question à Louise. Je m'installe par terre et je fais comme si de rien n'était, comme si c'était évident de suspendre ses affaires dans sa chambre, quoi, après tout, chacun est libre, on ne va pas en faire tout un plat, ça n'a aucune importance.

– Ça te gêne pas si je mets de la musique? me demande Louise.

– Non, pas du tout.

J'ai failli ajouter: «Fais comme chez toi.» Heureusement cette phrase ne m'a pas échappé.

Je m'attends à un bon truc rock, à du rap, à du funk, à la rigueur à du jazz, mais je reste flinguée quand j'entends les premières notes.

– C'est *Cosi fan tutte*, de Mozart, c'est ce qu'il y a de plus beau au monde, dit Louise qui ne m'accorde pas un regard et va s'installer à l'autre bout de la chambre sur son matelas qui est posé à même le sol.

Je n'ai jamais écouté d'opéra de ma vie. Maman a essayé quelquefois de m'initier mais ça n'a pas marché. C'est toujours le même scénario.

Elle prend le disque et d'un air extasié, elle me dit: «Ecoute, Marie, écoute!» Et elle se pâme, immobile sur le canapé du salon. Parfois, elle pleure. De quoi dégoûter quelqu'un de l'opéra pour le restant de ses jours. En général, au bout de trois minutes, je la laisse, en lui demandant de baisser le son qu'elle pousse au maximum.

Louise ne dit rien. Ecouter un opéra a l'air tout aussi évident pour elle que d'écouter le Top 50.

Je fixe le mur, sur lequel il n'y aucun poster, mais quelques photos éparpillées que je distingue mal. Je prends la pose de l'amateur d'opéra, ne me dérangez pas, silence s'il vous plaît, je côtoie les anges, je fais celle qui a passé une bonne partie de sa vie à écouter des hommes et des femmes se déclarer leur amour en hurlant.

Louise, de temps en temps, chante. Elle connaît des passages entiers, par cœur. Elle a une voix pas normale qui sort de je ne sais où, qui va se percher très haut, qui est capable de se prolonger pendant cinq minutes au moins. Je n'ose pas la regarder. J'ai peur qu'elle me demande de chanter avec elle. Les cantatrices chantent un air où je repère le mot «addio». Je reste immobile, crispée. Je ferme les yeux. C'est vrai que c'est beau, je le sens, ça fait comme une vague, un truc fou qui me traverse et que je n'arrive pas à contrôler. Et si Louise me faisait le sale coup de pleurer? Je la regarde, vite, sans qu'elle s'en aperçoive. Elle chante et elle sourit. L'air s'arrête. C'est moi qui ai envie de pleurer. Il ne faut pas.

– C'est sublime, non? Ça t'embête pas, Marie, si je le remets?

Je suis assise par terre, sur la moquette en laine, une moquette blanche, épaisse. Je devrais enlever mes chaussures, elles vont faire des traces.

La sonnerie résonne dans la chambre de Louise. Je sursaute. Nous sommes en train de fumer des cigarettes à bouts dorés que Louise pique à sa mère, une marque russe impossible à trouver dans un tabac ordinaire. «Ma mère est d'origine russe», a dit Louise. Ça explique tout. Je fais comme elle, je les fume l'une après l'autre, sans oser dire que je les trouve immondes. J'ai mal à la gorge.

– Un interphone dans chaque chambre. Dans la mienne, dans celle de ma mère, dans celle de mon père, dans la cuisine, dans la salle de bains, même dans celle de ma sœur Valentine qui n'a que treize ans. C'est une idée de ma mère : elle est folle.

C'est ce qu'a dit Louise, après avoir répondu à la voix de Pierre.

Son visage est devenu dur et, d'un seul coup, elle a vieilli. En même temps, il y a une telle tristesse dans ses yeux qu'elle ne m'intimide plus du tout. J'ai envie de l'embrasser, de lui dire merci de m'avoir invitée, merci d'accepter que je sois là, dans sa chambre, à écouter de l'opéra avec elle, en fumant des cigarettes russes, merci de me confier que sa mère est folle. C'est idiot, cette pensée, je la chasse tout de suite. Comment dire merci à quelqu'un qui suspend ses fringues dans sa chambre, qui fume des clopes à bouts dorés et qui connaît par cœur les opéras de Mozart ?

Soudain, Louise éclate de rire, en m'invitant à regarder par la fenêtre.

Pierre n'est pas seul. Dorothée Rigaud l'accompagne.

– Ah, c'est comme ça, Pierre Kahn? On va bien rigoler. Ça va commencer, le dix-huitième siècle! Regarde bien, écoute bien, Marie!

Je ne comprends rien. Louise est debout, son petit sourire sadique aux lèvres, celui qu'elle a eu des dizaines de fois cette année en regardant Céline Boudard, en regardant Rodrigue et Othello, en regardant Dorothée et Pierre, en nous contemplant tous au moment de choisir avec qui elle ferait cet exposé. Pourquoi m'a-t-elle choisie, qu'est-ce qu'elle a dans la tête? Elle aspire une longue bouffée de tabac et elle recrache la fumée, le visage légèrement incliné en arrière.

Elle ressemble à cette image donnée par Céline Boudard, à cette garce qui fait peur à tout le monde, même aux profs. Je m'attends à tout, y compris à un meurtre. Une fille qui est capable d'arriver en classe en robe du soir à huit heures du matin, de faire bégayer un prof de maths aussi sérieux que M. Sfez, de fumer vingt cigarettes en une heure est capable de prendre un flingue et de se mettre à tirer sur Pierre Kahn et Dorothée Rigaud.

Elle remet *Cosi fan tutte*, à fond. Elle a une sono d'enfer. «Elle va l'entendre, la scène des adieux, cette abrutie, fanatique des chiens d'aveugles.» Et elle rit.

Elle descend à toute allure, sans s'occuper de moi.

«Elle ne franchira pas le seuil de ma maison, cette tarée!»

Je la suis.

C'est la première fois que je lui parle, qu'elle daigne remarquer ma présence. Je suis prête à toutes les complicités. J'irai en taule avec elle. J'expliquerai que tout ça, c'est la faute de Mozart, de M. Sfez, que Louise n'y est pour rien, qu'elle est obligée d'être une dégueulasse, qu'elle n'a pas le choix, qu'elle vaut mieux que tout le monde. Ça n'a pas de sens mais je suis de son côté quoi qu'il arrive, contre tous. Je suis avec Louise parce qu'elle m'a fait pleurer sur l'air des adieux de Mozart, parce qu'elle ne ressemble à personne.

Le massacre dure très peu de temps.

Louise se jette sur Pierre et le tire par la

manche de son blouson. Il ne réagit pas. Elle parle à voix haute pour que Dorothée entende. Elle ne dit que deux phrases: «Il n'est pas prévu dans l'invitation que l'on vienne accompagné de sa conjointe. Vire-la!»

Dorothée se met à hurler des insultes. On les entend à peine, elle a une voix de petit roquet à sa mémère et la musique couvre sa voix. C'est justement un moment où deux femmes et deux hommes gueulent sûrement qu'ils s'aimeront pour toujours. Louise foudroie Pierre et l'empêche de regarder Dorothée qui supplie.

– Pierre! Mais regarde-moi! Ne te laisse pas avoir par cette... ordure! Pierre! Si tu ne me regardes pas, si tu restes encore, je m'en vais! Ce sera fini, Pierre!

Pierre ne dit rien. Il a les yeux fermés comme si la scène ne l'intéressait pas, comme s'il voulait qu'elle s'achève le plus vite possible. Il a dirigé son visage vers la chambre de Louise. Il écoute l'opéra. Il le connaît, lui aussi. Je vois ses lèvres suivre la musique. C'est la première fois que je le trouve beau à crever. Dorothée devient folle. Elle se tourne vers moi, et soudain, elle me secoue.

– Et toi ? Tu ne dis rien ? Tu fais partie de leur clan, maintenant ? C'est elle que tu es venue draguer, Pierre ? Mais dis-moi quelque chose ! Tu n'as pas le droit de me laisser tomber comme ça ! Tu n'as pas le droit ! Je ne t'ai rien fait ! Je compte jusqu'à dix. Un… deux…trois…

J'ai mal au cœur, non pas au cœur justement, mon cœur, je ne le sens plus, il s'est arrêté, il en a eu marre, il s'est barré ailleurs. Mon visage est froid. Je reçois une giclée de neige sur la figure. Des petites pointes glacées s'infiltrent dans ma peau tendue. Il faut que Dorothée arrête de compter.

Elle est foutue, c'est évident. Comment peut-elle ne pas comprendre qu'elle n'a aucune chance, qu'elle est ridicule avec sa petite jupe plissée à carreaux et ses collants en laine rouge ?

Je regarde Pierre et Louise : Louise qui tient Pierre par la manche de son blouson, Pierre qui fixe le balcon de Louise, les géraniums-lierres rose fuchsia et qui murmure des paroles du livret de Mozart.

– … neuf … dix !

Dorothée hurle «Salaud!», balance ses poings sur Pierre qui la laisse faire et part en courant.

Louise applaudit longtemps après que Dorothée a disparu.

Céline Boudard avait donc raison. L'histoire entre Pierre et Louise existe, une histoire terrible. Et moi, Marie Watson, je fais partie de cette histoire. Maintenant, je suis avec eux. Je ne peux plus revenir en arrière.

Pierre s'est assis sur ce qui s'appelle, je crois, une bergère. Il ne dit rien après cette scène où Dorothée a été obligée de le quitter. Ce serait à lui de parler, d'expliquer, de rompre le silence dans lequel nous sommes tous les trois enfermés.

Il s'est juste contenté d'arrêter la musique, d'un seul coup.

J'ai horreur quand la musique s'arrête d'un seul coup. Je le dis toujours à maman quand on fait des voyages dans sa voiture et qu'elle pile net, coupe le contact et la musique avec; ça fait clac, ça fait comme un avant-goût de mort, ça doit être comme ça, j'imagine, la mort: on est encore là avec plein d'images et de mots qui dansent dans la tête et tout à coup en plein milieu d'une phrase très importante, on a le sifflet coupé, trop tard.

Ça ne lui fait rien à Louise que la musique s'arrête. Elle est au milieu de la chambre immobile, des mèches s'échappent de son chignon; elle esquisse le geste de les relever mais elle renonce et elle reste là à regarder un point fixe au-delà des murs blancs de la chambre.

Soudain, elle se tourne vers moi, me sourit. Elle ramasse les trois cendriers pleins de mégots et en jette le contenu dans une petite poubelle près de son lit. C'est une poubelle en Inox comme celle des salles de bains, pas une poubelle comme la mienne, une corbeille en rotin que je déteste tout à coup.

Elle parle de n'importe quoi, très vite, sans même respirer entre chaque phrase. Elle dit des choses atroces concernant la vie de sa mère.

– Ma mère a tellement d'amants que je n'arrive même plus à les compter. En ce moment, elle nous fait croire qu'elle en a un seul. C'est le grand amour, ça dégouline de partout, son grand amour. Ça nous éclabousse. Faut la voir avec ses tenues, ses caleçons, elle s'est acheté des caleçons pour faire plus jeune et un perfecto, non mais, tu te rends compte? Ma mère porte un perfecto! Mon père ne lui adresse plus la parole et pendant des jours et des jours, ils ne se croisent même plus dans la maison.

Elle récite cette histoire qu'elle doit dire et redire avec des variantes.

Je n'en crois pas un mot et je m'en fous des histoires de sa mère.

J'ai envie de me barrer, de voir ma mère justement, qui porte aussi des caleçons et un blouson en cuir. Je trouve que ça lui va très bien et j'aimerais qu'entre Gérard et elle ce soit le grand amour, au lieu de la voir des week-ends entiers bosser sur sa machine à écrire, les yeux cernés et puant le tabac.

Je me suis levée plusieurs fois, mais Louise m'a retenue. L'après-midi s'écoule – cet exposé n'aura jamais lieu, et je n'ai pas la force de m'en aller. Il faudrait que j'invente une excuse: «Ma mère m'attend pour le dîner, je n'ai pas fini de réviser le contrôle de physique», des phrases comme ça, des phrases normales, impossibles à dire.

Louise a entrepris de nous faire boire.

Je n'ai jamais aimé l'alcool. Je n'ai été saoule qu'une seule fois, un été en vacances avec maman, à un bal de 14 Juillet. J'avais douze ans.

J'avais bu du punch. Je croyais que c'était du jus de fruit, un jus de fruit exotique pour les grands, les veinards, qui ont des boisssons planquées qu'on ne connaît pas. J'ai dû en boire beaucoup. C'était frais, c'était bon. Ma tête s'est détraquée sans me prévenir. Ça faisait un désordre d'images et de mots qui ne s'arrêtaient pas, qui ne s'arrêteraient jamais, c'était ça la folie, sûrement, et j'allais mourir.

J'apercevais maman qui dansait et qui ne voyait pas que sa petite fille mourait. J'ai hurlé. Maman était au-dessus de mon visage et me lavait la figure. Je me souviens très bien de ce contact de l'eau trop froide, qui n'était plus de l'eau, seulement du froid. J'ai entendu: «Ma Marie, ma Marionnette, ma Tchoupinette!» et puis plus rien.

– Je déteste l'alcool.

– Ah bon, pourquoi? Raconte. Tu trouves pas que c'est intéressant, Pierre, de détester l'alcool?

– Je m'en fous, dit Pierre.

C'est la première phrase qu'il prononce. Il ne me regarde même pas. Je ne l'intéresse pas du tout. Lui non plus, il ne m'intéresse pas, il m'énerve à faire le beau sur cette bergère, à poser pour je ne sais qui, la tête posée sur sa main et tournée vers la fenêtre, les jambes croisées. Ça m'énerve les types qui croisent les jambes, c'est une position de frimeur, de faux décontracté.

– Raconte quand même, Marie. Moi, ça m'intéresse.

Je raconte mon histoire. Très vite, je mens. Plus Louise semble intéressée, plus j'ajoute des événements nouveaux que j'essaie de rendre drôles. Je raconte que je suis hospitalisée, j'hésite à dire qu'on me fait un lavage d'estomac, je renonce, ça fait trop.

Pendant ce temps, Louise boit un liquide transparent, du gin.

Elle ne me regarde plus. Elle regarde Pierre

qui a pris une revue et qui la feuillette sans prêter la moindre attention à mon histoire.

– Allez, mon petit Pierre! Ne fais pas cette tête! Dorothée Rigaud! Une fille aussi débile, mal fichue, un vrai tas d'os. Même Rodrigue Dupré n'en a pas voulu! Dorothée! Pourquoi pas Céline Boudard tant que tu y étais. C'est ça, tu devrais essayer Céline, elle en crève d'envie. Vas-y mon vieux, qu'on rigole cinq minutes! Tu es tellement lugubre, comme mec! C'était déshonorant pour moi de penser que tu pouvais sortir avec une fille comme Dorothée, tu comprends ça, non? Il était temps que ça s'arrête. Dis-le-lui, Marie! Qu'est-ce que tu penses de Dorothée? Dis la vérité, Marie! Si nous disions la vérité, Pierre?

Louise parle avec une voix étrange, elle est devenue ivre très vite ou bien elle exagère son ivresse, elle en profite pour balancer des choses horribles. Je serais incapable de dire des phrases comme celles qu'elle prononce debout, son verre à la main, devant Pierre qui serre les lèvres et attend qu'elle ait fini.

J'ai envie de le secouer, de le supplier de dire

quelque chose. Finalement, c'est moi qui parle.

– Je ne pense rien de Dorothée. Je ne la connais pas.

– Tu ne sais pas dire la vérité, Marie, mais tu ne sais pas non plus mentir. Il y a des gens comme ça. Ils ne disent pas la vérité et ils ne savent pas mentir. C'est des gens mous, des marshmallows, tu connais ces machins anglais? Tu commences à mettre ça dans ta bouche et ça ne ressemble plus à rien. C'est ni solide ni fondant; ça colle aux dents, une vraie dégueulasserie.

– Tu parles pour toi, dit Pierre, tout à coup.

– Ouais, peut-être, et pour d'autres, tu sais qui je veux dire, n'est-ce pas, Pierre?

– Tu me dégoûtes.

Louise se lève, prend un cendrier et se dirige vers Pierre. Il la laisse faire. D'un geste, il m'empêche d'intervenir comme si j'en étais capable.

Louise repose le cendrier, et embrasse Pierre sur le front.

Une gamine entre brutalement dans la chambre et nous regarde. Ça doit faire un drôle de spectacle, nous trois affalés sans dire un mot, sans même que la musique meuble le silence.

– Ça pue la cigarette ici ! Ça vous donne pas envie de vomir, cette odeur ? Qu'est-ce que tu fous avec ce verre à la main ? Ça va pas la tête, mais tu déménages, ma pauvre vieille !

– On t'a pas sonnée, Valentine !

Valentine, la petite sœur de Louise, est aussi brune que Louise est rousse. Elle a les cheveux coupés court comme un garçon, un blouson d'aviateur beaucoup trop grand pour elle et entièrement recouvert de pin's. Elle porte des baskets teintes en jaune fluo.

C'est ce que j'ai failli faire avec mes tennis blanches : acheter une bombe jaune et en pulvériser sur mes chaussures. Je me déteste d'avoir des idées de môme de treize ans mais ça m'a fait du bien, la voix de Valentine, une voix d'enfant que je n'ai déjà plus, moi qui reste plantée là, à écouter les phrases alcoolisées de Louise et à regarder le beau visage de Pierre qu'on aperçoit à peine. La nuit est tombée et Louise interdit qu'on allume d'autres lampes que celle qui est posée sur le sol, une grande lampe dont le socle est composé d'une sculpture : celle de deux anges enlacés.

– Tu vas crever d'une cirrhose, ma vieille. Alcoolo à dix-sept ans, c'est ripou comme plan !

– Fous-moi la paix, tu m'entends, Valentine ? Va dans ta chambre faire tes devoirs !

– J'ai aucun ordre à recevoir de toi ! Aucun ! T'es complètement tarée ! Elle est où, maman ?

– Devine !

Valentine fronce les sourcils et rejette ses cheveux en arrière avant de poser sa deuxième question.

– Et papa ? Il sera là, papa, ce soir ?

– Sûrement pas. Il y a un mot pour nous deux dans la cuisine. Le congélateur est bourré de bouffe pour le week-end.

– J'en ai marre, j'en ai vraiment marre ! Et

vous, vous avez l'air encore plus dingues. C'est qui, celle-là ?

– C'est Marie, dit Pierre.

Il se lève, étire ses jambes très longues. Il mesure plus d'un mètre quatre-vingts. Il n'a pas de gel sur ses cheveux fins, blonds, il ne porte pas de lunettes noires, il n'emmène pas de filles sur l'esplanade de la Défense, il plaque sa nana sans broncher, il connaît Mozart, il ne boit pas de gin, il doit détester le hard rock, il n'a sûrement pas de rollers, il est prêt à se faire éclater la cervelle par Louise et il se laisse embrasser sur le front dans la seconde qui suit par elle.

– Viens, Titine, on va boire un Coca.

Pierre sort avec Valentine.

– Ma mère est folle, elle est complètement folle.

Louise avale d'un trait son verre de gin, brusquement elle se lève, titube, s'effondre. J'essaie de la soutenir, elle me repousse.

– Il vaut mieux que je parte, Louise. On fera l'exposé une autre fois. Je crois que tu ne vas pas bien.

– Je vais bien. Je vais très bien. Tu ne comprends rien. C'est ça que j'aime bien chez toi. Tu ne comprends vraiment rien. Reste, on s'en fout de l'exposé. Je l'ai déjà préparé. Tu verras, ce sera très drôle. Téléphone à ta mère et dis-lui que tu dors ici. On a une chambre d'amis. C'est plein de piaules ici, c'est plein de piaules vides.

– Je ne peux pas. Je lui ai dit que je rentrais.

– A dix-sept ans, tu rends encore des comptes à ta mère? Tu dois lui dire à quelle heure tu rentres, où tu vas, chez qui tu dors, avec qui tu dors?

– C'est pas ça, mais... tu ne te sens pas bien.

– Mais si, je me sens bien, je me sens très très bien. Et ton père? Il est du genre à t'engueuler quand tu arrives en retard?

– Mon père vit aux Etats-Unis. Mes parents sont séparés.

– Séparés? Veinarde!

Lorsque Pierre revient dans la chambre avec du poulet rôti, du Coca, des chips et quatre tartes congelées, Louise est en train de feuilleter un magazine dans un coin de la pièce. Elle m'a complètement oubliée. Je n'ose pas bouger et je la déteste. J'ai cru que nous étions proches, que nous allions nous raconter nos vies comme nous le faisions autrefois avec Annabelle. J'ai cru que je pourrais en riant lui parler de Samuel, de ce garçon que j'ai aimé pendant des années sans le lui dire, j'ai cru que nous pourrions nous dire des choses essentielles, mais Louise s'en fout. Mes histoires minables de petite fille ne l'intéressent pas. Pourquoi m'a-t-elle invitée chez elle si elle n'a rien à dire, si je ne suis pour elle qu'un témoin de ses histoires qu'elle ne se donne même pas la peine de m'expliquer?

Elle ne veut pas que je m'en aille, elle veut que je reste là, dans sa chambre, à la regarder boire, fumer, lire, écouter les rares phrases dont elle me gratifie. Elle m'a suppliée de téléphoner à ma mère. J'ai cédé. Je ne peux pas lui échapper.

J'ai parlé avec maman pendant plus d'une heure. Dans ces cas-là, maman devient débile ou fait semblant de trouver absolument invraisemblable que je passse un samedi soir dans l'hôtel particulier d'une fille dont je ne lui ai jamais parlé. Evidemment, j'ai refusé que Louise intervienne pour lui parler. Louise ne dessaoule pas.

Je ne sais pas comment maman réussit à deviner toujours quand quelque chose ne va pas. Pourtant, je n'ai rien bu mais elle n'a pas cessé de m'interrompre et de me dire que j'avais une voix bizarre. Elle m'a même demandé d'une voix tremblante si je n'avais pas fumé du haschisch. J'ai éclaté de rire.

De m'entendre rire lui a fait du bien. Elle a fini par craquer. Maman essaie toujours d'avoir des arguments très solides, elle démarre en général très fort par « Il n'en est absolument pas question », mais je sais comment m'y prendre. Maman et moi, on se comprend, on se connaît. Seize ans de vie commune, ça aide.

– Elle a vomi ? me demande Pierre.

– Non.

– Bravo, Louise. Tu tiens de mieux en mieux l'alcool.

– Fous-moi la paix, Pierre !

Pierre s'assoit à ses pieds et prend son visage entre ses mains. Louise le laisse faire. Je les vois tous les deux de profil dans la lumière. J'aimerais qu'un homme, un jour, s'installe à mes pieds et prenne mon visage entre ses mains, exactement comme le fait Pierre. Ça doit être ça, aimer quelqu'un. C'est ce que Karim ne comprend pas. Pierre va lui dire des mots d'amour, des choses magnifiques et je vais les laisser, seuls dans la chambre.

– Ecoute-moi bien, Louise. J'en ai marre de tes salades. Si tu crois une seconde que j'ai lâché Dorothée pour te faire plaisir, tu te goures complètement. Je l'ai lâchée parce qu'elle me fatiguait et qu'il me fallait un prétexte. Ta crise d'hystérie a été un prétexte parfait. Merci beaucoup. Maintenant arrête. Tu es saoule.

Les mots se sont détachés, tranquillement et après un moment de silence, Pierre a retiré ses mains.

Louise le regarde, lui sourit et se jette dans ses bras.

Pierre l'écarte.

– Arrête, Louise, arrête.

– Pourquoi? Je suis très fière de toi. Tu as entendu, Marie? Tu es témoin. J'ai rendu service à Pierre! Je l'ai débarrassé de Dorothée

Rigaud ! Je suis une sainte, finalement. Qu'est-ce que tu en penses, Marie ? Tu crois qu'il dit la vérité ?

Je me suis trompée. Louise a raison. Je ne comprends rien. Je suis trop stupide. Je suis ce que je déteste le plus au monde : une fille saine et normale, bien dans sa peau et sans intérêt, qui croit que lorsqu'un garçon s'assoit aux pieds d'une fille, prend son visage dans ses mains, c'est forcément pour lui dire qu'il l'aime. C'est comme ça dans les films, et je crois encore que c'est comme ça dans la vie.

– Je ne sais pas si Pierre dit la vérité. Je m'en fous. J'en ai marre.

– Ah oui, j'oubliais. On connaît la réponse. «Je ne connais pas Pierre Kahn, je ne peux pas le juger.» C'est ça ?

– Peut-être.

– On doit répondre par oui ou non. Si on jouait à dire seulement oui ou non ? Je recommence. Est-ce que tu crois que Pierre dit la vérité ?

Je n'ai aucune envie de jouer mais refuser me semble pire encore. Je me suis installée sur la bergère près de la lampe qui n'éclaire rien et j'ai croisé les jambes en regardant Louise dans les yeux.

– Oui, je crois qu'il dit la vérité.

– Est-ce que tu trouves que Pierre est un beau mec?

– Oui.

– Tu es catholique?

– Non.

– Vierge, peut-être?

Je ne peux pas répondre. Je voudrais dire n'importe quoi, par exemple que j'ai eu des mecs, que je connais tout ça par cœur mais qu'en ce moment, non, vraiment ça ne me dit rien, je préfère être seule et que de toute façon, comme dit ma mère, «mieux vaut être seule que mal accompagnée». Mais aucun mot n'arrive, rien, ça ne sort pas, ça reste là dans ma gorge et ça fait une boule qui va m'étouffer, et plus la boule grossit, plus je sais qu'ils comprennent, qu'ils se moquent, qu'ils ricanent tous les deux en silence, je le vois dans leurs yeux qui me fouillent et qui découvrent ma nudité de petite fille vierge.

– J'en étais sûre, dit Louise. Je ne me suis pas trompée.

Elle rit. Un rire de cinglée.

La gifle part d'un seul coup. Pierre regarde sa main.

Louise se laisse tomber contre la tringle où tous les vêtements sont suspendus.

Ils sont tombés d'un seul coup, tout s'est effondré sur elle. On ne la voit plus. A peine peut-on distinguer la forme de son corps recroquevillé sous l'amas des vêtements.

Elle pleure. Non, elle sanglote, des hoquets très réguliers, des spasmes, comme si elle essayait de retrouver la respiration qui manque, qui tarde à retrouver un rythme normal.

Pierre débarrasse. Je suis incapable d'un mouvement.

Nous ne disons rien. Louise reste par terre. Elle semble endormie. Pierre m'interdit de la déranger. « Laisse-la, elle est dingue mais c'est une fille bien. Elle ne voulait pas te faire de peine, Marie. Elle t'aime beaucoup. Elle me l'a dit. »

Elle m'aime beaucoup ? Vraiment ? Pourquoi ? Moi, je la déteste, je la hais. J'aimerais la gifler mais elle est là par terre, elle pleure et je n'arrive pas à partir, je n'arrive pas à lui en vouloir, à l'insulter, comme elle l'a fait avec Dorothée, avec Pierre, avec moi. C'est la fille la plus folle et la plus géniale que j'aie rencontrée.

Sa robe découvre ses jambes blanches couvertes de taches de rousseur. Ça me gêne tout à coup qu'elle montre ses jambes à Pierre et je rabats la robe longue. Elle se lève tout doucement, regarde autour d'elle et hausse les épaules.

Elle disparaît dans le couloir.

Pierre m'explique tout en rangeant la chambre, et sans que je ne lui aie rien demandé, que Dorothée lui a littéralement sauté dessus au cours d'une fête, qu'il était saoul et qu'il s'est laissé faire. Cette explication est nulle mais je ne dis rien. Je n'ai pas envie que Pierre Kahn soit le genre de types mous, menteurs, qui font la roue aussitôt qu'une fille les repère. J'ai peur déjà d'être cette fille-là. Je me vois un jour, dans la cour de l'hôtel de Louise Garel, en compagnie de Pierre et le suppliant de ne pas me laisser tomber.

Soudain, Pierre s'approche de moi, m'embrasse les lèvres, un baiser léger, un baiser qui ne compte pas, et il me dit: «Ne t'inquiète pas. Louise est moins forte qu'elle ne croit. Elle est malade.»

Pierre n'a pas de barbe. C'est ce qui me frappe, tout à coup. Il est imberbe.

Quand Louise revient, elle s'est lavé le visage. Elle sourit comme s'il ne s'était rien passé, un sourire doux, le même sourire que celui qu'elle a eu pour m'accueillir quelques heures plus tôt.

Elle se dirige vers moi.

– Je te demande pardon, Marie. C'est l'alcool, c'est tout ça.

Elle désigne la chambre et au-delà de la chambre, tout cet univers dans lequel elle vit, un univers de désordre et de silence.

Nous écoutons cette fois un vieux disque des Doors que Louise est partie piquer dans la chambre de sa mère. Pierre nous a dit qu'il était allé déposer une gerbe de fleurs sur la tombe de Jim Morrison au cimetière du Père-Lachaise, le 1er novembre.

Tout est calme, il fait nuit et je suis allongée

sur la moquette à plat ventre. Pierre m'a lancé un oreiller et traduit avec moi les paroles des Doors. Je suis très forte en anglais. Je les épate. Je n'ai pas besoin de réfléchir. L'anglais, c'est comme ma langue maternelle : c'est la langue de mon père. Le disque s'arrête. Nous écoutons le silence qui règne dans la maison. C'est Louise qui le rompt.

– Où est Valentine, Pierre ? Où est Valentine ? Elle a mangé ? Tu lui as donné à manger ?

Nous avons complètement oublié la petite sœur.

Nous fouillons chaque pièce de la maison. Valentine n'est pas là.

– Quelle heure il est, Pierre ? Quelle heure il est ?

– Onze heures dix !

– Tu te rends compte ? Où elle est ? Où elle est partie, ma petite sœur ?

– Calme-toi, dit Pierre, calme-toi, on va la retrouver.

– Mais comment veux-tu que je me calme ? Elle a treize ans ! Pierre, aide-moi !

– Je suis là.

Pierre prend Louise dans ses bras.

Je me sens encore une fois étrangère à ce qui se passe entre eux.

– Elle est peut-être chez une amie.

Mon idée, une idée si évidente qu'il est étonnant que nous ne l'ayons pas eue tout de suite, est saluée avec enthousiasme.

Louise se précipite dans la chambre de Valentine à la recherche d'un carnet d'adresses.

On téléphone à tous les amis de Valentine. Plus de trente noms défilent, des noms que Louise connaît, beaucoup qu'elle ne connaît pas, ce qui augmente son angoisse. Il y a des voix d'hommes qui répondent et qui connaissent cette gamine de treize ans.

Nous nous retrouvons à minuit dans la cuisine. C'est une cuisine immense avec des moulures au plafond, des plantes tropicales et des bocaux anciens, une cuisine comme celles que maman et Claire regardent dans *Elle Décoration* en se demandant pourquoi le destin ne leur a pas donné des cuisines comme celles-là, avec de préférence, bien sûr, un beau mec à mettre dedans.

Moi, je suis avec Pierre et Louise dans cette cuisine et je la trouve sinistre, trop grande, trop vide. Pourtant, il y a un beau mec dedans : Pierre Kahn et son corps maigre d'un mètre quatre-vingts, sa mèche blonde qui l'oblige constamment à faire ce geste si particulier de dégager le front, ses lunettes de myope en écaille, et ses grandes mains qui ont tout à l'heure enveloppé Louise.

Nous buvons des litres de café.

Louise a vomi et elle refuse de se coucher. Une idée me traverse : elle ne veut pas que je sois seule avec Pierre.

Elle reste là, avec nous, fumant cigarette sur cigarette.

– Tu devrais vraiment te reposer, Louise, tu as l'air crevé. Marie et moi, on va attendre.

– Non ! C'est de ma faute ! Tu comprends, ça ? C'est de ma faute ! C'est de notre faute à tous ! On était là… pas toi, Marie, toi, tu n'y es pour rien. Tu dois trouver tout ça complètement fou ! Ce matin, on ne se connaissait pas ! Mais où est Valentine, Pierre, où est ma petite sœur ? Elle n'a même pas mangé !

Pierre la console. Il y a une telle douceur entre eux, soudain. Ce n'est pas possible que quelques heures auparavant elle l'ait ainsi humilié, qu'il l'ait giflée.

Je les regarde. Céline Boudard se trompe. Il y a un lien entre eux, très fort, mais ils ne sont pas amoureux l'un de l'autre.

Nous avons pris la décision de prévenir la police à minuit et demi.

A minuit vingt, nous entendons sonner dans la cuisine.

C'est l'interphone.

La voix de Valentine éclate : « Vous n'êtes pas encore couchés ? Vous êtes tous saouls ou quoi ? Mettez-moi un truc dans le micro-ondes, une quiche lorraine ! J'ai la dalle, moi ! »

Louise se précipite dans la cour. Je reste un instant avec Pierre qui me regarde avec insistance. Je détourne les yeux.

Valentine refuse d'expliquer ce qu'elle faisait dehors à minuit vingt, un samedi soir.

– J'étais avec des potes.

– Quels potes ? C'est quoi, ces potes ? Ça va

pas dans ta tête? A ton âge! Je t'interdis, tu m'entends, Valentine! Je t'interdis! Tu as treize ans!

Louise la questionne mais Valentine ne dit rien et avale sa troisième quiche lorraine.

– Laisse-la, Louise, ça ne sert à rien.

– Elle a raison, ta copine. Laisse-moi. Qu'est-ce qui te prend de m'engueuler? Toi, t'es là à fumer tes clopes, à boire ton gin. Dis pas que t'as pas bu du gin, je le sais, je l'ai vu et ça pue, alors t'as pas de leçons à me donner, tu sais bien ce que je veux dire, alors écrase! D'ailleurs, tu t'en fous, tout le monde s'en fout dans cette maison!

Valentine a raison. C'est d'ailleurs ce que Pierre a dit et il est monté avec elle pour la coucher. «Viens Titine, je t'accompagne dans ta chambre. Il est tard.»

– Je vais me coucher. Je ne sais pas si on fera cet exposé, demain. Je suis crevée. C'est un mec bien, Pierre, tu ne trouves pas? C'est un mec bien et je ne peux pas m'empêcher parfois de le détester. Je fais un déplacement. Tu comprends, tu connais Freud?

– Non, je ne le connais pas du tout. Je n'ai jamais discuté avec ce type. Je ne peux pas juger.

Louise m'a souri et elle m'a pris la main.

Je n'arrive pas à m'endormir. J'entends Pierre qui se retourne sans cesse dans son lit. Nous partageons une chambre, «une des chambres d'amis», a précisé Louise.

Avant d'aller se coucher, Pierre s'est approché de moi et a caressé mon visage. Il a embrassé mon front. Je tremblais. J'aurais voulu qu'il me serre dans ses bras. Il faisait noir dans la chambre. Je ne distinguais pas son visage. Il n'a rien fait. Il a seulement embrassé mon front et m'a souhaité bonne nuit, comme n'importe quel copain l'aurait fait. Rien de plus.

J'écoute Pierre qui bouge et ma tête me fait mal. J'ai terriblement sommeil, mon corps est engourdi, et le sommeil ne vient pas.

Ils dorment tous quand je quitte la maison. Je reste un long moment dans la cour. Je regarde la maison, le perron, les fleurs, la fenêtre de la chambre de Louise où elle est apparue hier. Dehors, un camion-poubelle passe. C'est le bruit du matin. Je vais rentrer à pied.

Maman m'a laissé un petit mot dans la cuisine.

«Ma Tchoupinette, j'ai l'intention de dormir très tard aujourd'hui. Je t'ai acheté des oranges sanguines. Fais-toi un bon jus. Bisoudous. Mam.»

Je ne sais pas pourquoi j'ai envie de pleurer.

J'entre dans la chambre de maman. Elle dort seule, en chien de fusil et elle s'est complètement découverte. Elle va attraper froid, elle qui est si fragile de la gorge, qui attrape des angines, même en plein été. Je la recouvre en faisant attention à ne pas la réveiller. Je lui ai fait un bisou sur le nez. C'est ce qu'elle fait tous les soirs même quand elle se couche très tard. Elle entre sur la pointe des pieds dans ma chambre, je fais celle qui dort, et elle m'embrasse sur le nez.

Je me fais couler un bain très chaud, je frotte mon corps très fort avec le gant de crin anticellulite que maman a acheté il y a un mois avec Claire mais qu'elle n'utilise pas; ça la gratte trop.

C'est vrai que ça gratte. J'ai la peau rouge, ça brûle, je frotte encore. En me regardant dans la glace, je vois le corps d'une femme. Je cache mes gros seins avec mes mains.

Je me couche en serrant Peluche, mon ours, contre moi.

Dorothée Rigaud a dû téléphoner à la classe, au lycée, à Paris tout entier, pour dire que rue de Clichy, il y a une bande d'assassins dangereux.

La gardienne de l'immeuble m'a regardée bizarrement ce matin comme si j'avais une maladie contagieuse. La boulangère, que je connais depuis plus de quinze ans, m'a remis ma réserve de nounours en chocolat pour la journée sans m'adresser la parole.

Les élèves se sont écartés à mon passage. Dorothée Rigaud discutait avec Céline Boudard et elle a craché derrière moi. Mes oreilles bourdonnent.

Je ne m'attends pas à retrouver Pierre et Louise. C'est impossible qu'ils arrivent au lycée ce matin, qu'ils me disent: «Salut, Marie, comment ça va? Pas trop fatiguée?» Ils sont là-bas, rue de Clichy, dans la maison. Ils n'ont pas à attendre que la cloche sonne pour annoncer que le week-end est fini et que Mme Pitard nous attend avec son visage aux veines minuscules, violettes, qui ont éclaté et forment un réseau de toutes les beuveries qu'elles se tapent depuis des années. Pierre et Louise ne sont pas concernés par tous ces commentaires. Ils n'ont rien à faire ici.

Ils arrivent pourtant ensemble, traversent la cour tranquillement, n'accordent pas un regard à Céline qui empêche Dorothée de s'élancer vers Pierre. Ils m'aperçoivent. Ils me font la bise et me demandent si je vais bien. Je prends des nouvelles de Valentine.

Ils s'assoient en classe, côte à côte. Je me retrouve seule.

Je suis devenue en l'espace d'un week-end la fille spéciale, à part, que j'ai voulu être, celle qui suscite les murmures, les interrogations, celle dont on s'écarte. Rodrigue m'a dit: «J'aurais dû me douter que tu étais une salope.» Je lui ai répondu ce que je n'aurais jamais dit à personne hier encore: «Dégage, Rodrigue Dupré, va baver sur quelqu'un d'autre.»

Je ne suis plus du tout une fille sympa et sans problèmes qui écoute le Top 50, qui fait du roller avec ses copains le samedi. Je suis l'amie d'une fille qui se saoule au gin et qui a la réputation de coucher avec un salaud. Je regarde tous les élèves de la classe. Ils ont des têtes d'élèves sages qui ne se posent aucune question, ont un avenir tout tracé d'empoyé de banque, de graphiste, de médecin. Céline Boudard sera assistante maternelle ou dirigera un club de rencontres. Elle aura comme première cliente Dorothée Rigaud qui aura raté ses études et épousé un homme riche qui la trompera.

L'exposé aura lieu cette semaine. Je l'avais oublié.

C'est Louise qui me le rappelle. Je crains le pire. Je ne sais pas comment un exposé sur la littérature du dix-huitième siècle peut produire une catastrophe mais je n'ai aucun doute: ce sera une catastrophe. Je n'ai plus rien à perdre, maintenant.

Louise a tout manigancé depuis longtemps. Elle n'a pas besoin de mon avis ou de celui de

Pierre. Nous n'avons rien à discuter. Nous devrons nous contenter de lire les feuilles préparées à notre intention et obéir à ses ordres.

Il s'agit de lire devant la classe des extraits d'œuvres érotiques du dix-huitième siècle.

Louise nous prévient dix minutes avant l'exposé. Mlle Tresalet est ravie et nous félicite d'avoir préparé cet exposé si vite, alors que d'habitude les élèves demandent toujours des délais supplémentaires. Elle ne sait pas ce qui l'attend. Elle s'est assise au fond de la classe, a chaussé ses petites lunettes de vieille fille alors qu'elle est encore jeune, et se prépare à prendre des notes. Elle nous encourage d'un grand sourire. Nous sommes tous les trois sur l'estrade, pas derrière le bureau mais face à la classe, sur des chaises que Louise a disposées. Elle s'est assise entre Pierre et moi.

Au menu de cette lecture, il y a le marquis de Sade: *Justine ou les Malheurs de la vertu,* Choderlos de Laclos et ses *Liaisons dangereuses,* Crébillon et Diderot.

Je lis consciencieusement selon les indications de Louise, «comme si tu lisais un programme de télé, d'une voix détachée, pas du tout concernée par le sens», des extraits de ces histoires de sexe perverses. Louise assure les introductions et les transitions.

J'ai peur mais j'obéis. Il n'est plus question de revenir en arrière.

L'essentiel est de ne pas regarder la classe. J'essaie d'imaginer que nous sommes tous les trois dans la chambre de Louise, que nous lisons pour nous seuls, exactement comme nous le faisions quand je traduisais pour Louise les chansons de Jim Morrison qui racontent des histoires de meurtre et d'inceste et qui ont fait dire à Louise: «Morrison avait des problèmes avec son Œdipe.» Ça m'avait fait rire, cette référence à Sigmund Freud. Quand je vois où la psychanalyse a conduit Morrison et Louise, je me dis que si Freud était vivant, il faudrait le mettre en taule. C'est à ça que je pense en lisant une histoire salace où la Justine du marquis de Sade est en train de se faire violer.

Le plus comique, c'est que le prof, Mlle Tresalet, n'ose pas nous interrompre. Je surprends soudain son regard: elle a retiré ses lunettes, ses yeux sont ronds, exorbités, elle a la bouche ouverte.

Pierre est parfait. Il lit d'une voix forte, en faisant bien attention aux liaisons, à la ponctuation, en respectant exagérément les silences.

Les élèves écoutent. De temps en temps, on entend les rires de Rodrigue ou d'Othello. Dorothée est cramoisie comme si les passages que lit Pierre la concernaient. Elle se tourne sans cesse vers Mlle Tresalet pour la supplier d'arrêter cette comédie. Céline Boudard lui prend la main et la serre. C'est une manie qu'elle a. Elle transpire, elle a le visage congestionné. Si elle n'a pas mis de déodorant aujourd'hui, je vais me sentir mal.

Il ne faut pas que je les regarde.

Tout à coup, sur un passage de Diderot extrait des *Bijoux indiscrets,* où Diderot imagine que grâce à un anneau magique orienté vers le sexe des femmes, ceux-ci se mettraient à parler, Mlle Tresalet se met à hurler :

« Mensonges ! N'écoutez plus ! Diderot n'a jamais écrit ça ! »

La pauvre Tresalet explose enfin. Elle a

consacré quinze jours à parler de l'*Encyclopédie* et du génie politique de Diderot préfigurant, ce sont ses termes, le génie de Rousseau, et elle se retrouve soudain devant trois élèves qui sabotent son entreprise, ô combien sérieuse.

Louise attendait ce moment.

– Vous vous trompez, madame. Diderot a bien écrit ce roman et, dans ses *Confessions,* Rousseau raconte qu'il aimait montrer ses fesses...

– Ça suffit! Ça suffit! Vous êtes une... Taisez-vous! Taisez-vous immédiatement!

Aucun élève ne nous soutient. Ils sont soulagés que la mascarade s'arrête enfin. Personne n'a envie d'écouter en classe une lecture de textes pornos. C'est comme si Louise introduisait au ciné-club des cassettes de films X, comme si toute la classe, tous les profs se retrouvaient chez elle, dans sa maison, dans sa chambre, voyaient ses vêtements suspendus, sa poubelle, sa bouteille de gin, son corps ivre dissimulé sous une pile de vêtements, ses jambes nues.

Ils nous regardent. Je les déteste tous d'avoir accepté d'entendre, de ne pas avoir immédiatement interrompu cette lecture.

Je n'aurais pas dû accepter, laisser Louise se donner en public avec ma complicité, mais si j'avais refusé, est-ce que nous serions tous les trois dans le couloir qui conduit au bureau du proviseur? Est-ce qu'il ne vaut pas cent fois mieux que je sois aux côtés de Pierre et de Louise, menacée de renvoi, au lieu d'être assise avec tous ces crétins?

Nous sommes devant Mme le Proviseur. Mlle Tresalet essaie d'expliquer la situation. Elle s'embrouille de plus en plus.

– Ils ont détruit tous les écrivains du dix-huitième! Ils en ont fait des monstres, des satyres, des... C'est dégoûtant!

– Je ne vous suis pas du tout, Mlle Tresalet, dit le proviseur. De quoi s'agit-il, exactement?

Louise montre au proviseur le livre de Diderot.

– C'est écrit. Diderot: *les Bijoux indiscrets*. On ne peut quand même pas reprocher à des élèves de lire des écrivains du programme. Ils s'instruisent.

Mlle Tresalet commence à expliquer au proviseur le contenu du livre, mais elle devient toute rouge, elle se met à bégayer comme M. Sfez quand Louise est arrivée un matin en robe du soir. Elle renonce. Je crois qu'elle va pleurer.

Dans le couloir qui conduit à la classe, Mlle Tresalet nous dit: «Je ne vous adresserai plus la parole.»

Louise rit. Pierre et moi, nous nous retenons de ne pas exploser à notre tour.

Je n'ai presque pas vu Louise et Pierre pendant cette semaine. Je les ai vus seulement au lycée entre deux cours mais ils ne m'ont pas invitée rue de Clichy.

J'ai l'impression qu'ils se sont disputés mais je n'en suis pas sûre. A nouveau, tout me semble instable. Louise ne me dit presque rien. Elle me répond d'un air absent comme si elle était obligée de me répondre. Elle ne se doute pas de ce que cela a pu représenter pour moi de faire cet exposé devant la classe, d'être à l'écart, contaminée par sa présence et celle de Pierre.

J'ai seulement appris par Pierre que Valentine s'était échappée une fois encore jusqu'à onze heures du soir et que Louise l'avait menacée de tout raconter à leurs parents. J'ai hâte de connaître ces parents qui laissent leurs filles seules pendant les week-ends, acceptent que l'aînée boive du gin pendant que la plus jeune cavale dans les rues, la nuit.

– Marie ! Marie ! C'est pour toi, téléphone !

Maman frappe à ma porte. C'est une convention entre nous depuis que je suis petite. On ferme nos portes et chacune doit frapper à la porte de l'autre et demander l'autorisation d'entrer. Je ne fais absolument rien depuis une semaine sinon écouter mes cassettes des Beatles en faisant croire que je travaille mon bac de français. C'est une raison majeure pour ne pas être dérangée. J'ai horreur qu'on me dérange quand je ne fais rien.

C'est Karim. De temps en temps, il donne des nouvelles. Il ne vient plus me chercher au lycée.

Je n'ai plus rien à lui dire depuis le jour où j'ai compris qu'il n'appartiendrait jamais à l'univers de Louise et de Pierre. Quand Karim m'appelle, il parle sans arrêt, très vite. Il a des «milliards de choses» à me raconter. Moi, je ne dis rien ou presque. Ça me fait mal d'être si loin de lui, mais la distance est grande et je suis fatiguée.

Il me demande ce que je deviens.

– Comment ça, ce que je deviens? Parce qu'avant, je n'étais rien? C'est tellement évident que j'ai changé? Que je suis devenue quelqu'un d'autre?

– Je t'ai demandé ce que tu deviens, c'est tout! Qu'est-ce qui te prend d'aller chercher midi à quatorze heures? Ça fait des lunes qu'on s'est pas vus, je te demande comment ça va et tu te lances dans des machins tordus. Tu débloques ou quoi? Allez, viens chez moi, j'ai l'appart pour moi tout seul. Ils sont tous partis au Maroc pour l'enterrement de mon grand-père.

– Ça te fait rien que ton grand-père soit mort?

– Ça lui faisait rien que je sois vivant. On est quitte.

A qui d'autre pourrais-je parler? Tout à coup, j'ai besoin de le voir, de me retrouver dans la petite loge, comme avant, quand on parlait tous les deux de Samuel Pichet, d'Annabelle Blandin, d'Arthur Rimbaud et qu'il me déclarait sa flamme en prenant des airs romantiques avant de me tenir au courant de ses dernières conquêtes. Il me demande ce que j'ai fait le week-end dernier. Je lui parle de Louise et de Pierre.

– Toujours les mêmes tarés dont tu m'as parlé au début de l'année ? La fille «je suis rousse et alors ?» et le mec qui se tape deux nanas en même temps ? Il s'emmerde pas ce mec-là. Tu es vraiment devenue leur copine ou quoi ?

– Oui. On est amis.

– Ils ont l'air zarbis, tes nouveaux potes. Ils ont trop de fric. Ça leur pollue la tronche. Des bourges qui vivent dans des hôtels, j'aime pas. Allez, Marie, laisse tomber. Viens à la maison. Ça fait des mois que je t'ai pas vue. T'es ma meilleure critique musicale. J'arrive pas à m'en sortir sans toi. J'ai des trucs déments à te faire écouter. Je t'attends.

Karim raccroche avant d'écouter ma réponse. Je demande à maman ce qu'elle fait, aujourd'hui, samedi.

– Je sors, je vais au cinéma avec un copain.

Maman fait des progrès. Claire n'est plus dans le coup. Cette fois, le mot copain est prononcé. C'est la stratégie de la progression en douceur. Elle est inquiète, elle a peur de ma réaction. C'est vrai que je n'ai pas aimé tous ses copains. Mais j'avais une bonne raison: ils étaient soit trop vieux, soit trop moches, soit trop gamins, soit trop mongoliens. Ça ne m'empêche pas d'attendre depuis des années qu'elle soit heureuse, qu'elle rencontre un type bien qui l'emmène en week-end à Lisbonne, s'occupe de réparer l'évier bouché et la machine à laver la vaisselle et soit passionné par mes problèmes de maths. Gérard ferait assez bien l'affaire.

Seulement voilà: je n'ai pas envie qu'elle me laisse seule aujourd'hui dans l'appartement désert.

– Je peux aller avec vous?

Maman arrête son geste, elle tient un crayon gris dans la main et me regarde, un œil maquillé et l'autre pas. Je sens qu'elle est prête à dire oui, et parce que je vois qu'elle va craquer, qu'elle se sent coupable d'avoir mis du rouge à lèvres, une jupe courte et son blouson en cuir, je l'embrasse.

– T'inquiète pas, maman, je me débrouillerai. Tu peux même ne pas rentrer ce soir. Embrasse Gérard pour moi et n'oublie pas de maquiller l'œil gauche.

Maman me regarde aussi interloquée que si je lui avais annoncé la troisième guerre mondiale.

– Comment tu sais que c'est lui ?

– Je l'aime bien, moi, Gérard. Je t'ai toujours dit que c'était un mec bien et le seul qui soit doué en maths et qui pourrait me filer un coup de main. J'en ai vraiment besoin.

Maman me serre dans ses bras. Elle a de la veine d'être vieille. Elle connaît le prix des choses, comme dirait mamie. Moi, je le connais aussi, mais je trouve que le prix est cher.

– T'es une vraie doudou, ma doudou. Tu vas travailler ? Tu devrais réviser ton bac de français et faire un carton. Ce n'est pas l'appréciation de Tresalet qui va arranger tes affaires.

– Occupe-toi de ta love story, je m'occupe des philosophes du dix-huitième.

Maman éclate de rire, me fait plein de bisous et claque la porte. Ses talons résonnent dans l'escalier. Ça fait du bruit longtemps, des talons sur six étages. Et puis plus rien. J'ai envie de crever. Karim habite tout près. J'y vais.

Karim m'accueille comme si j'étais Isabelle Adjani en personne. Il me sort son grand jeu: cheveux gominés, fleurs fraîches dans un vase et musique des Platters. Il n'hésite pas. A l'instant où je sonne, j'entends *Only You*, le slow le plus dégoulinant du monde, le truc préféré de ma mère et de ma grand-mère.

– Je vais me reconvertir. Je quitte le hard rock pour les standards américains. C'est plus rentable, surtout avec les filles.

Nous dansons le slow. C'est la seule chose que je sache danser mais je n'aime pas ça. J'aime rêver danser les slows dans les bras d'un garçon que j'aimerais et qui serait fou de moi. Quand je ne fais rien dans ma chambre, je mets un slow de John Lennon, *Imagine*, par exemple, et c'est avec Samuel que je danse. J'ai toujours dansé des slows avec des garçons que je n'aimais pas et qui trouvent toujours l'occasion de se coller à moi et de souffler leur haleine dans mon cou. Le pire, c'est que les slows durent des plombes.

Karim n'insiste pas. Il me lâche bien avant la fin du standard et il se marre en déclarant que je suis raide et que ma vieille il serait temps de faire des exercices d'assouplissement. Il attrape un parapluie et il termine le slow, le parapluie serré contre lui, les yeux levés au ciel, puis mi-clos. Je rigole. Je l'aime beaucoup, malgré tout.

Au bout d'une heure, je lui ai raconté l'essentiel de mon week-end chez Louise. Karim m'écoute sans rien dire et me fait le résumé suivant :

– Ce Pierre Kahn est une ordure qui n'a peut-être jamais touché une nana de sa vie mais qui joue au play-boy. Tu es la prochaine sur le tableau de chasse. Trois nanas, c'est mieux, à moins qu'il soit homo, comme Rimbaud. Si tu comprends pas ça, Marie, t'es foutue. T'es vraiment naïve comme nana, tu sais, ça me fout les jetons pour toi. Ta copine Louise ne me plaît pas du tout, elle est bonne pour l'asile psychiatrique. La seule qui a l'air sympa, c'est la petite. Tu devrais l'inviter un samedi à venir faire du roller à la Défense. Et toi, Marie, tu devrais te casser tout de suite de cette histoire, avant de devenir l'andouille de service.

Il m'énerve. Je l'aime beaucoup mais il m'énerve quand il prend son air «Moi Karim, je comprends tout de la vie et je vais t'apprendre».

Je lui fais croire que l'idée de l'exposé vient de moi et que c'était un moment génial. J'ai apporté les extraits que j'ai lus en classe. Il me demande de lui lire des passages. *Les Liaisons dangereuses* ne l'intéressent pas. Il a vu le film à la télé.

Je choisis de lui lire un extrait de Crébillon. Je ne supporte plus qu'il me fasse comprendre que nous sommes des mômes, Pierre, Louise et moi, tandis que lui, ayant perdu son pucelage depuis longtemps, n'a plus rien à apprendre.

– Je comprends pas qu'on puisse s'éclater à lire des livres en classe. Tu préférerais pas qu'on danse sur Elvis? Tu connais *Please, Love me*?

– J'ai pas envie de danser, Karim.

– Dommage, tu rates le slow du siècle. En plus, c'est moi qui chante. Je l'ai repris avec mon groupe.

Il soupire et s'installe sur le canapé en similicuir. Il s'allonge, met les mains derrière la nuque.

– Vas-y, je t'écoute.

Je commence.

– «Les pleurs de Zéneïs, ses prières, ses ordres, ses menaces, rien n'arrêta Phéléas.»

Karim éclate de rire.

– Phéléas! Tu parles d'un nom! Mais où est-ce qu'ils vont chercher des noms pareils? T'imagines un mec qui inviterait une nana à danser un slow et qui lui dirait: «Salut, poupée, moi, c'est Phéléas, tu danses?» Ça te fait pas rire?

– Non.

– Bon, continue.

– «Quoique la tunique de gaze qui était entre elle et lui ne le laissât jouir déjà que de trop de charmes, moins satisfait des beautés qu'elle offrait à sa vue que transporté du désir de voir celles qu'elle lui dérobait encore...»

Je ne réussis pas à lire comme je l'ai fait en classe. Les phrases résonnent autrement. Karim prend des airs entendus comme s'il était un grand virtuose de ces histoires scandaleuses. Il ponctue ma lecture:

– Vas-y, Phéléas! Laisse-toi faire, Zéneïs!

Je vais jusqu'au bout. C'est minable.

– Ben mon vieux, si j'avais su que c'était comme ça, la littérature, je serais pas allé dans un lycée technique. On nous parle jamais de ces trucs-là, à nous! Ils s'emmerdaient pas les philosophes! Tu crois qu'ils étaient tous des obsédés sexuels? Vivement que je fasse un peu de philo que je rigole!

Soudain, il me regarde, s'assoit près de moi, prend mon visage dans ses mains.

Il approche ses lèvres humides de ma bouche. Je l'écarte. Nous sommes tous les deux seuls dans la loge. Karim me dégoûte. Il sent le vin blanc, je ne l'aime pas. Il ne comprend pas.

– Pourquoi tu m'as toujours dit non, Marie? Tu es une vraie sainte nitouche, finalement. Tu vois bien que tu adores ça.

Je le repousse.

– Ce ne sera jamais avec toi, Karim! Jamais! Jamais!

Karim me lâche. Nous nous regardons. Il se recoiffe. Il rajuste sa chemise, son pull.

– Je ne te comprends plus du tout, Marie. Il

vaut mieux que tu te casses. J'en ai assez que tu viennes m'allumer. Avant, t'étais pas comme ça. Depuis que tu as changé de bahut, tu es devenue quelqu'un d'autre, comme tu l'as dit toi-même au téléphone. J'ai compris maintenant. C'est dégueulasse, ces textes. Je préfère un bon film. Je préfère surtout ma copine Laetitia. Elle, au moins, elle se complique pas la vie.

Pendant son discours, j'ai pleuré. Mais il ne m'a pas vue. Je lui tournais le dos.

J'ai quitté la loge de Karim.

« Mais qu'est-ce qu'il y a, ma Tchoupinette ? » me demande maman.

Elle ne se rend pas compte à quel point je suis crevée, moi qui n'ai que dix-sept ans.

Je me demande, quand je la regarde, où elle trouve l'énergie de travailler jusqu'à l'aube, de faire les courses, de parler deux heures par jour au téléphone avec son amie Claire, d'aller au cinéma, et en plus de voir Gérard deux fois par semaine. Rien que l'énoncé de ce programme m'épuise.

Je n'ai la force que de m'effondrer sur un canapé ou un lit en contrôlant de très près l'économie de mes gestes. Une journée au lycée, à supporter les regards de tous les crétins qui composent la population scolaire, à essayer de comprendre ce que Louise et Pierre ont dans la tête, ça use mes cellules nerveuses. Qu'est-ce qu'ils se disent pendant les cours ? Qu'est-ce qu'ils me cachent ? Et cette lettre que Louise a montrée à Pierre ? Pourquoi Louise ne me dit rien ?

– A quoi tu penses, ma Marie ? Tu sais que tu m'inquiètes ? Je crois que tu devrais voir ton pédiatre. Tu ne fais pas une mononucléose, au moins ?

Je ne lui réponds pas. Je ne claque pas la porte de ma chambre, non plus. J'ai seulement envie de rester enfermée, de pouvoir m'allonger sur mon lit et faire le point sur la nullité de l'existence. Aujourd'hui, c'est comme ça.

Je laisse s'établir depuis plus d'un mois déjà une légende : « Marie est l'amie attitrée de Pierre », ce qui est faux, « Louise et Pierre continuent d'être amants », ce que je ne sais pas, « ils forment un couple à trois, la preuve, l'exposé porno ».

Tous les profs sont au courant. Je le lis dans leurs yeux mais ils sont lâches. Ils parlent de nous derrière notre dos, dans la salle des profs ou à la cantine. Il n'y en a qu'une, finalement, que j'aime bien : Mme Pitard. Aucun prof ne lui adresse la parole, elle longe les murs du lycée, toute seule, comme moi.

Tout le monde croit que je suis la petite amie de Pierre, qu'on sort ensemble. Je ne suis même pas son amie. Je ne sais pas ce qu'il me veut. C'est comique et ça ne me fait pas rire.

– Tiens, ma Marionnette, je t'ai fait un jus d'orange frais. Tu es trop pâle en ce moment. C'est trop dur, le lycée ou quoi ? C'est la fin de la semaine. C'est vrai que c'est crevant le vendredi soir. Moi aussi, je suis morte.

– Maman, s'il te plaît, laisse-moi tranquille.

Maman continue à me voir comme une petite fille. Seul mon silence l'inquiète. Elle lui donne des noms différents, à mon silence : mauvaise humeur, fatigue, insolence, problèmes. Elle ne comprend pas que je n'ai tout simplement pas envie de lui parler : j'ai juste envie qu'elle soit là, près de moi, et qu'elle me fasse de temps en temps des câlins sans rien dire. Est-ce que je lui en pose, moi, des questions sur Gérard ? Est-ce que je lui demande si elle est heureuse avec lui ?

L'adolescence, pour maman, c'est comme une maladie dont on finit tant bien que mal par sortir vivant. Elle attend que la mienne passe. Elle a hâte que je lui dise enfin comment je compte occuper mon avenir, et ainsi de suite. Dès que je suis silencieuse, elle est perdue.

Heureusement, elle est contente de constater que mes résultats scolaires bien que peu brillants sont passables, et que je ne me dispute pas avec elle comme elle l'a fait autrefois avec sa mère. Elle est ravie que j'aie renoncé à voir Karim et les autres cancres que je fréquentais les années précédentes et trouve Louise et Pierre, que je lui ai présentés, «absolument charmants, bien élevés et très intelligents». Maman n'a pas été choquée de la lettre que Mlle Tresalet lui a envoyée concernant l'exposé et trouve tout à fait normal qu'à notre âge on s'intéresse à la littérature libertine du dix-huitième. «Ce n'est quand même pas de votre faute si les écrivains ont une sexualité! Et puis, c'est très bien écrit!»

Elle pose le jus d'orange sur ma table de nuit.

– C'est peut-être encore la croissance? Je trouve que tu as encore grandi cette année, non? Tu sais, dimanche, je vais à la campagne avec Claire et Gérard. Ça te ferait peut-être du bien d'aller respirer un peu, non? Enfin, tu fais ce que tu veux. Louise a téléphoné. Elle t'invite à passer le week-end chez elle. Elle est vraiment adorable, cette fille.

Maman est formidable. Parfois sa naïveté m'étonne.

Je rentre dans la chambre de Louise, je prends l'oreiller qui est sur son lit, je m'allonge par terre sur la moquette. Louise me fait la bise et me dit «Salut».

Je ne la dérange pas. Je n'ai pas plus d'importance pour elle que la lampe aux anges enlacés posée sur le sol et qui éclaire inutilement la chambre. Maman n'accepterait pas. Elle exigerait que je l'éteigne. Elle ne supporte pas le gaspillage de l'électricité tout en n'hésitant pas à s'acheter trois paires de chaussures dans l'après-midi. Les parents de Louise acceptent tout.

Je laisse à Louise le soin de choisir la musique. Elle ne me demande pas mon avis, de toute manière.

Depuis quelques jours, elle ne met que des requiems, des messes. C'est son père qui lui a offert tous ces bazars religieux. Elle me répète que c'est sublime, qu'avec l'opéra, la musique sacrée, il n'y a rien de mieux. Elle m'éneve quand elle prend son air extatique en disant «Ecoute, Marie, c'est sublime», comme si j'étais définitivement condamnée à la surdité et qu'elle faisait partie des rares privilégiés à pénétrer au royaume des anges. Je ne suis pas fanatique des messes mais je ne dis rien. L'ennui avec cette musique, c'est qu'on ne peut pas se parler. C'est une musique qui prend toute la place, qu'on est obligé d'écouter pendant des heures sans s'adresser la parole.

Louise s'est habillée en noir. Elle l'a fait exprès. Pour écouter une messe, il faut se mettre dans la peau d'une veuve. Pas de chance, j'ai mis mon jean violet et un t-shirt jaune. La messe de Bach, ce sera pour un autre jour.

J'en profite pour écrire à mon père qui m'a envoyé une carte postale de San Francisco. C'est la ville où il compte s'installer mais il me demande ce que j'en pense comme si mon avis avait la moindre importance pour lui. Je lui ai déjà écrit une lettre de trois pages. Je l'ai relue. Elle ne me plaît pas. Elle correspond trop bien à l'image qu'il doit avoir de moi et qui n'a pas bougé depuis des années, celle d'une petite fille rigolote, vive, qu'il trimballait dans des matchs de boxe ou à Las Vegas pour jouer aux machines à sous.

La musique s'arrête. Louise choisit un autre disque. J'aimerais qu'elle mette un truc normal. Un disque de Jimi Hendrix ou de Simply Red.

– Ecoute, dit Louise. C'est le requiem de Gilles. C'est sublime ! Ce requiem, tu ne l'as pas encore écouté. C'est le père de Pierre qui me l'a offert, l'année dernière.

– Le père de Pierre ?

– Oui. C'est un chef d'orchestre. Pierre ne te l'a pas dit ?

– Non. Il ne me parle pas beaucoup.

Louise fait le geste de gommer tout ce que nous venons de dire. C'est un geste qu'elle fait souvent quand quelque chose vient de lui échapper et qu'elle ne veut pas aller plus loin.

Elle monte le volume, elle ouvre la fenêtre de sa chambre. Les géraniums rose fuchsia éclatent et le lilas commence à fleurir. Ça sent bon.

Louise s'est installée sur la bergère, les yeux

grands ouverts et fixes. Je la laisse à ses extases.

Je déchire ma lettre, et j'en écris une autre.

« Cher papa,

Tu t'es cassé au Canada et tu t'es remarié avec une conne qui t'a plaqué.

Tu t'es payé d'autres nanas qui ont trouvé sympa de jouer les baby-sitters avec moi, le temps d'un été.

Tu t'es encore remarié avec une femme super : Annie, et comme ellle était trop bien pour toi, tu l'as plaquée sans me demander mon avis.

Je n'en ai absolument rien à foutre que tu t'installes à San Francisco ou ailleurs.

Maintenant, voici de mes nouvelles et je ne te demande pas ton avis.

J'ai dix-sept ans, tout le monde croit que j'ai un amant qui est aussi celui de ma meilleure amie.

J'ai fait un exposé avec mes potes sur la littérature porno.

J'ai failli me faire violer dans une loge de concierge.

J'écoute des opéras et des requiems en me saoulant au gin.

Maman, au cas où tu te souviendrais d'avoir épousé ma mère, est très amoureuse d'un mec bien qui ne m'emmerde pas avec des questions débiles et qui me trouve saine, intelligente et sympathique. Il est très fort en maths, contrairement à toi.

Salut, c'était moi. Je ne sais pas ce que je fais cet été, et toi ?»

– A qui tu écris ?

– A mon père. J'ai fini.

Louise hésite à baisser le son mais finalement ne consent pas à abandonner la musique sacrée pour s'intéresser à la seule fille qui lui adresse la parole.

– Tu me fais voir ?

Je n'ai aucune envie qu'elle lise. Je lui ai tout dit de ma vie et, au bout de toutes ces semaines, je ne sais presque rien d'elle. Je lui tends ma lettre.

Louise lit la lettre à haute voix en mettant les mots en musique, elle achève par un « Amen ». Elle laisse un silence puis elle hausse les épaules.

– Pierre n'est pas mon amant et je ne crois pas qu'il ait la moindre intention de devenir le tien. Pourquoi tu lui racontes tout ça ?

– Pour l'emmerder.

– Tu détestes le gin.

– Et alors? Arrête cette musique, Louise, on ne s'entend pas.

Louise me regarde. Je suis toujours à plat ventre et elle me semble très grande alors que nous avons la même taille. Elle jette ma lettre sur la moquette.

– Tu as raison. Ils ne méritent pas autre chose de toute façon.

Je me sens ressembler à Dorothée Rigaud le jour où elle suppliait Pierre de lui dire quelque chose pour échapper à la certitude qu'elle n'était absolument rien pour lui. Depuis ce jour, elle ne cesse avec ses amis de me bombarder de lettres stupides. Elle a de la chance. Elle, au moins, elle peut s'en prendre à quelqu'un. Moi, je dois m'estimer heureuse d'avoir le privilège d'écouter des messes en compagnie de Louise, de pouvoir venir chez elle quand je le souhaite, à la condition, bien sûr, de me la fermer le plus souvent possible. Je me demande si Karim n'a pas raison, si je ne suis pas l'andouille de service pour Louise et Pierre. Ça m'est égal.

On frappe à la porte, on entre.

Je sens le parfum de Rachel, un parfum à la

fois fort et doux qui envahit la chambre. Je le reconnais maintenant aussitôt que je franchis le seuil de la rue de Clichy. Louise esquisse le geste de se boucher le nez.

Rachel est devant nous, d'une beauté incroyable, d'une élégance parfaite. Elle a une chemise en soie bleue, un pantalon gris, et ses cheveux blonds sont tirés en arrière, dégageant son front très large et ses yeux verts, pâles, presque jaunes, les mêmes que ceux de Louise.

Même le dimanche matin, il m'est arrivé de la voir en chemise blanche, en jean et en espadrilles et de trouver qu'elle était la femme la plus chic du monde. Ses ongles surtout me fascinent, des ongles longs, rouges, impeccables, le contraire des ongles de maman qui sont petits, carrés et le plus souvent rongés, parfois tachés par l'encre de la vieille machine dont elle s'obstine à se servir, une vieille machine que papa lui a laissée avant de nous quitter.

Elle s'appelle Rachel Garel. Je me demande si elle n'a pas fait exprès d'épouser le père de Louise seulement pour la rime. C'est presque ridicule un nom pareil.

– Qu'est-ce que tu veux, Rachel ?

Ça m'a toujours choqué que Louise appelle Rachel par son prénom. Maman, pour moi, n'a pas de prénom.

Rachel encaisse le coup et soupire. Elle tortille entre ses doigts une mèche de cheveux.

– Rien de spécial.

Elle se tourne vers moi et me sourit, visiblement soulagée de trouver en ma présence une diversion.

– Tu restes déjeuner avec nous, Marie ?

– Oui, je veux bien si c'est possible.

– Bien sûr. Tu crois que Pierre sera là aussi, Louise ?

Louise tourne le dos à sa mère et mime les gestes d'un chef d'orchestre.

– Qu'est-ce que ça peut faire ? Le congélateur est plein. C'est tout ce que tu avais à nous dire ?

Rachel regarde Louise puis me regarde, comme pour me prendre à témoin de l'agressivité de sa fille. Je ne dis rien. Rachel baisse la tête et quitte la pièce.

– Pourquoi tu lui parles comme ça ? Je ne te comprends pas.

– Ça, c'est pas grave. Tu ne la connais pas. Elle essaie de séduire tous mes copains. Elle a fait la même chose avec Pierre. Il est comme un mouton avec elle. Toi aussi, tu rentres dans son jeu. Tu ne vois pas ce qu'elle fait?

– Non.

Louise fait encore une fois le geste de gommer ce qui vient d'être dit.

– Laisse tomber, Marie.

– Elle venait juste nous dire bonjour.

– Tu parles, elle venait nous épier. Voilà ce qu'elle faisait!

– Nous épier? Mais pourquoi?

– Pour m'empêcher de vivre! Elle est comme ça.

– Et ton père?

Louise ne dit plus rien. Elle regarde les photos qui sont collées à son mur et que j'ai observées plusieurs fois. Ce sont des photos de Rachel et de Charles, le père de Louise. Il y en a une qui me frappe particulièrement. J'aimerais l'avoir dans ma chambre. C'est une photo en noir et blanc. On voit Rachel en robe du soir. Je reconnais la robe que Louise a portée le matin où Sfez a failli crever d'une attaque cardiaque. Rachel court dans un champ, elle rit. Charles est derrière elle et la poursuit. Il ne rit pas. Sa cravate s'est dénouée, il tend la main vers Rachel mais c'est un geste inachevé. Je suis sûre qu'au moment qui a suivi cette photo, il a baissé son bras, qu'il a renoncé à la poursuivre. Ils doivent avoir vingt ans, presque notre âge.

Louise ressemble beaucoup à Rachel mais Rachel est gaie et la robe noire n'enlève rien à sa gaieté. Louise est lugubre.

– Mon père, il l'aime ! Il l'adore ! Il est en admiration devant elle, il lui passe tout, même ses amants. Pourvu qu'elle soit là, il est content. Elle lui suffit.

– Ils n'ont qu'à divorcer.

Louise ne répond pas tout de suite. Elle brosse ses cheveux, la tête baissée en avant. Je ne la vois plus derrière le rideau roux. Ce n'est pas la première fois que nous avons cette conversation mais j'espère toujours que Louise laissera échapper des phrases qui ressembleront à des confidences. Avant de vouloir être boxeur, je voulais être l'inspecteur Columbo. Même

Columbo n'aurait pu tirer une confidence de Louise.

Louise me raconte des histoires pour me cacher l'essentiel. A chaque fois que je me sens proche d'elle, au dernier instant, elle se dérobe.

– Ce serait trop simple. Elle a un amant mais c'est un artiste sans le sou. Alors tu penses bien qu'elle ne va pas lâcher mon père comme ça. T'as vu où on habite? Tu crois que ça se trouve tous les jours, un homme qui a des hôtels particuliers? Elle a des goûts de luxe, ma mère! J'aimerais tellement avoir une mère comme la tienne, elle est tellement cool! La mienne est folle.

Maman aussi a des goûts de luxe qui se traduisent par des collections de revue de déco qu'elle passe des heures à éplucher avec Claire. De temps en temps, elles repeignent un meuble. L'année dernière maman a aidé Claire à repeindre tout son appartement en blanc, mais vraiment tout: les murs, les tringles, le bureau, la table, les chaises, les lampes, les vases. Elles étaient devenues folles. Les goûts de luxe doivent mener à la folie, c'est la seule conclusion que je peux tirer.

Valentine est venue se joindre à nous. Elle est entrée sans rien dire. Elle porte le blouson en cuir qu'elle portait la première fois. Il est couvert de taches de peinture. Valentine a même de la peinture dans les cheveux. Elle a un petit air crado que j'aime bien. Avant de s'asseoir sur la bergère, elle est venue m'embrasser en me serrant fort contre elle.

Louise ne se lasse pas du chapitre «Je déteste ma mère». Elle en a même oublié messes et requiems. A-t-elle même remarqué la présence de Valentine?

Valentine écoute sa sœur. Elle a les yeux cernés. Je ne sais toujours pas à quoi elle joue la nuit. Elle s'est allongée sur la bergère comme si elle allait faire une sieste. Tout à coup, elle se lève, donne un coup de pied dans la lampe, les anges enlacés se retrouvent couchés. Elle se jette sur Louise, la prend par les épaules et la secoue.

– C'est pas elle! C'est pas elle! C'est ce sale type qui veut son fric! C'est un salaud. Tu n'as pas le droit de parler de maman comme ça! Arrête! Tu ferais mieux de te regarder. Je sais tout. Pierre, son père, tout! N'oublie pas que je sais tout!

Louise n'a pas le temps de réagir, moi non plus. Valentine est partie en faisant claquer la porte.

– Tu ne devrais pas parler de ta mère en présence de Valentine.

J'ai été trop loin. Louise va me demander de me mêler de ce qui me regarde. Tout en fixant la porte de la chambre, elle dit: «Tu as raison.»

– Qu'est-ce qu'elle a voulu dire, Valentine, quand elle a dit qu'elle savait tout?

Je fixe la photo de Rachel et de Charles en posant à Louise cette question. Je sens que maintenant, à cet instant précis, si Louise me donne une réponse, nous deviendrons enfin amies. Louise suit mon regard et sourit, un sourire triste.

– Rien. Des trucs de môme.

Pierre arrive à une heure passée.

Il embrasse d'abord Rachel, qui l'accueille avec enthousiasme comme un vieil ami à elle, puis «Titine», qui baisse la tête et lui rend son baiser à contrecœur et, enfin, il vient vers moi et m'embrasse sur le front. Il a oublié Louise. Nous sommes déjà à table. Au menu, il y a des asperges, je n'ose pas dire que je n'aime pas ça, de l'épaule d'agneau et de la salade.

Rachel demande à ses filles si elles ont besoin de vêtements nouveaux et propose de les accompagner dans les magasins. Maman n'a jamais le temps de m'accompagner nulle part; elle a horreur des boutiques. Essayer des vêtements, pour elle, c'est un calvaire. Elle renonce tout de suite et déclare que c'est trop cher, trop sexy, trop classique, que de toute façon rien ne lui va. En ce qui me concerne, elle préfère me donner de temps en temps du fric comme elle l'a fait au début de l'année quand j'ai voulu à tout prix avoir un jean violet.

J'aimerais accompagner Rachel et ses filles, savoir par exemple dans quelle boutique Rachel a déniché ce foulard noir en soie aux feuillages exotiques, qui lisse ses cheveux et met en valeur son visage sans une trace de maquillage; seules les lèvres sont peintes d'un rouge très sombre. Charles a raison de ne pas la laisser partir.

Louise ne répond pas à l'invitation de Rachel, Valentine réclame des Doc Marten's.

Rachel regarde Louise et retire sans cesse une des trois bagues qu'elle a au doigt, une bague en or sertie d'un diamant rouge, son alliance peut-être. Il faudra que je vérifie sur les photos si elle avait déjà cette bague. Elle torture son doigt rougi, fait glisser l'anneau, le replace et recommence inlassablement ce geste. Maman n'a pas de bague au doigt. Elle n'aime pas les bijoux. «Je les perds toujours.»

Au moment où Pierre sert un fondant à l'orange, Charles passe dans la cuisine. Il murmure «Bonjour Rachel» sans la regarder, embrasse ses filles.

– Tu ne manges pas avec nous? demande Rachel.

Il a déjà mangé, il a un rendez-vous. Il rentrera très tard, ce n'est pas la peine de l'attendre pour le dîner.

– J'adore les requiems que tu m'as offerts papa, Marie aussi.

Louise n'a pas le temps d'en dire plus. Charles a quitté la cuisine après avoir jeté un regard très rapide sur les murs roses, très hauts, les plantes géantes dans des pots en faïenc blanche, les étagères où sont alignés des bocaux bleu indigo, et la table de marbre gris autour de laquelle nous sommes assis. Demain, c'est dimanche. Je crois que je vais accepter la proposition de maman et aller passer le dimanche à la campagne avec ses copains. Peut-être même que je pourrais demander à Karim de venir avec nous Je ne lui ai pas téléphoné depuis cette scène sordide de la loge. Je dirai à Pierre et à Louise que je dois absolument accompagner ma mère à l'enterrement de l'une de ses tantes. Ils ne me poseront pas de question.

Le fondant à l'orange a l'air parfait. Pierre nous passe des petites cuillères.

Le mercredi, je sors à deux heures, après la cantine.

Pierre et Louise n'y déjeunent pas. Je mange à la table des élèves de seconde. Céline, Dorothée, Rodrigue et Othello ont organisé une véritable cabale contre moi. De temps en temps, ils m'adressent des lettres, si on peut appeler des lettres ces petites phrases assassines. Je les retrouve dans mon sac à dos, dans la poche de mon manteau et même sous mon assiette. Ils n'ont pas beaucoup d'imagination et n'ont même pas le courage, les lâches, les collabos, de signer leurs écrits qui se résument à: «Marie, t'es une salope.» «La nouvelle du bahut est une pute.» J'en ai encore une dizaine dans mon sac. Je vais les montrer à Pierre et à Louise.

Je sonne à la porte de la rue de Clichy en faisant attention à ne pas me salir. La porte a été repeinte en bleu. Elle était déjà bleue mais Rachel a voulu une autre nuance.

Personne ne répond. C'est bizarre. C'est insupportable qu'il n'y ait personne. C'est la première fois que cela arrive. Je me rends compte de l'importance que cette maison a prise pour moi. Je me sens incapable de rentrer chez moi et de rester seule ce mercredi sans avoir de leurs nouvelles. Je sonne encore; je me sens capable de rester deux heures au café d'en face et d'attendre que la porte s'ouvre. Je n'ai pas à attendre. Personne ne parle dans l'interphone mais la porte s'ouvre. C'est Pierre.

– Salut Marie, excuse-moi. J'étais de l'autre

côté du jardin. Ça fait longtemps que tu attends?

– Non. Je viens d'arriver.

Nous sommes seuls. Je ne demande pas à Pierre comment il est entré. Il doit avoir une clé de la maison. Sur une des pelouses, Pierre a laissé ses livres ouverts. Il révise son bac au soleil. Il a le teint rouge. Ça ne lui va pas du tout. Il doit vouloir profiter du soleil pour bronzer. Il aura du mal. Il a le teint trop clair.

Sur la table, Pierre a posé deux verres et deux canettes de Coca. Pourquoi deux? Pierre savait-il que j'allais arriver, que c'était moi qui sonnais? Attendait-il quelqu'un d'autre?

C'est la première fois que nous nous retrouvons seuls tous les deux. Pierre m'en fait la remarque.

– Louise s'est toujours arrangée pour être entre nous.

– Je ne vois pas ce que tu veux dire.

Je mens. Je ne supporte pas que Pierre accuse Louise aussitôt qu'elle a le dos tourné. C'est trop facile. Il a mon numéro de téléphone. Ce n'est pas difficile de composer un numéro, non? Il ne l'a jamais fait.

Pierre porte une chemise blanche, il a déboutonné les deux premiers boutons. Il fait chaud pour un mois de mai.

– Tu ne la connais pas comme moi.

Ça y est, ça va recommencer. Je suis encore celle qui ne comprend rien. Tu ne t'en tireras pas comme ça, Pierre Kahn.

Je prends mon verre pour me servir mais Pierre arrête mon geste, sa main touche la mienne. Il me sert et me tend mon verre de Coca, en faisant les mines d'un garçon de café ou d'un homme du monde.

– Je vous en prie, mademoiselle.

Je prends mon verre et je commence à boire en fixant le lilas violet. Le Coca se renverse sur mon t-shirt blanc à la hauteur de mes seins. Je sens le liquide sur ma peau.

– Où est Louise ? Où ils sont tous ?

– Je ne sais pas. Elle m'a dit qu'elle serait en retard et qu'elle était très inquiète pour Valentine. Je ne sais pas pourquoi. Valentine s'est sauvée hier soir. Rachel et Charles n'étaient pas là. Louise l'a attendue jusqu'à onze heures.

Je ne dis rien. Je suis obsédée par cette tache

sur mon t-shirt que Pierre fait semblant de ne pas voir.

– Valentine est rentrée finalement.

– Elle a dit où elle était?

– Non. Elles se sont disputées.

– Pourquoi Louise ne parle pas à ses parents?

Pierre ne me répond pas. Lui non plus ne veut rien dire. Je dois être définitivement laide avec ce t-shirt blanc taché de Coca, ma minijupe orange et mes grosses fesses. On ne peut rien dire à une fille comme moi. Son regard arrive à la hauteur de mes seins. Comme j'ai le teint très mat, je crois que je ne peux pas rougir.

– Louise devrait être là. Ça fait deux heures que je l'attends.

Il fait bon dans le jardin. Il y a des fleurs partout. Je ne connais pas les noms de la plupart d'entre elles. Je reconnais le raffinement de Rachel. Elle a dû réfléchir aux couleurs du jardin comme elle a réfléchi à chaque objet de la maison, à sa forme, à sa couleur, à sa place.

– Toi aussi, tu habites un endroit comme ça?

Je ne sais pas d'où vient cette question. Je remarque pour la première fois que Pierre ne m'a jamais invitée chez lui. Il habite peut-être une loge, une HLM, une cave, un endroit impossible à présenter à un ou une amie.

– Non, pas tout à fait comme ça, mais tout aussi chiant.

Encore une erreur. Un garçon qui porte des chemises blanches impeccables et des lunettes qui doivent valoir plus de mille balles ne peut pas habiter un endroit sordide ni même ordinaire.

– Je trouve ça beau, ici.

– C'est mort.

Pierre a raison. Je ne l'ai jamais vu seul. A aucun moment. Il ne m'a jamais appelée. Moi non plus, je ne l'ai pas fait. Ça ne me serait pas venu à l'idée de l'appeler, de le rencontrer en dehors de Louise. Qu'elle ne soit pas là et que nous nous retrouvions seuls chez elle ne me plaît pas. J'ai hâte qu'elle arrive, elle, ou Valentine ou Rachel, n'importe qui pourvu que je ne reste pas seule dans ce jardin avec Pierre qui expose son visage au soleil et allonge ses grandes jambes après m'avoir regardée, avoir remarqué que je suis incapable de boire un Coca sans tout renverser comme une petite fille.

Pierre quitte sa chaise et s'assoit sur le gazon en tailleur.

– C'est un peu dégueulasse d'être là, tu ne trouves pas? Il y a des mecs qui crèvent la dalle et se saoulent la gueule au vin rouge dans le métro, qui dorment cachés comme des rats dans des souterrains poisseux, et nous deux, on est là au milieu de tout ce luxe. C'est chiant, c'est mort et ça me donne envie de gerber.

C'est la première fois que j'entends Pierre parler comme ça, avec ces mots. Il parle comme Karim ou comme Samuel. Je suis sûre que Samuel parle comme ça. Je chasse cette pensée stupide. Je n'ai pas revu Samuel depuis six ans. A quoi ça peut ressembler le visage d'un garçon de onze ans qui a vieilli de six ans?

– Pierre, qu'est-ce qui s'est passé entre Louise et toi?

– Je te trouve très jolie.

Je serre aussitôt les jambes, je porte une jupe beaucoup trop courte. Jamais je n'aurais dû mettre cette jupe dont je n'ai pas voulu me séparer. Papa me l'a achetée au Québec quand j'avais douze ans: une jupe en daim orange avec des franges, la copie de la jupe que maman portait quand papa l'a rencontrée au cours d'une manif pour la paix au Vietnam. Papa m'a raconté l'histoire en m'offrant la jupe: «Tu la mettras quand tu seras plus grande, Marilou, dans très longtemps.» Maman a pleuré quand elle a vu cette jupe dans mes bagages et m'a donné une photo où elle porte la même avec une tunique indienne.

– Pourquoi tu as été tellement salaud avec Dorothée Rigaud?

– Je trouve que tu es une fille super.

Tout le bas de mon visage est paralysé. J'avale une gorgée de Coca en faisant bien attention à ne rien renverser. Je croise le regard de Pierre. J'ai l'impression que ses yeux rient mais je n'en suis pas sûre. Quand j'étais petite, j'avais atrocement mal au ventre dès que Samuel Pichet me regardait. Il avait une façon spéciale de le faire Nous étions tranquillement en train de jouer au Mille Bornes par exemple, et tout à coup il s'arrêtait, me regardait droit dans les yeux au moins trois secondes, juste le temps pour moi de mourir.

– Pourquoi Valentine dit qu'elle sait tout et qu'elle a parlé de ton père?

– J'ai envie de t'embrasser.

J'ai d'autres questions à poser: As-tu été l'amant de Louise? C'est vrai ce que raconte Céline Boudard? Pourquoi Louise a un comportement si bizarre parfois? Pourquoi a-t-elle suspendu ses fringues dans sa chambre? Pourquoi as-tu des cheveux si blonds?

Pierre me prend par la main et m'entraîne dans la maison. Je passe devant le miroir en haut de l'escalier. C'est moi, cette fille que Pierre tient par la main. Il ferme la porte de la chambre de Louise.

Je le laisse m'embrasser. La jupe orange glisse, puis tous les vêtements un à un. Je ferme les yeux.

Pierre est lourd, il s'acharne sur mon corps. En sortant de cette chambre, je ne serai plus vierge. Ce sera fini. Pierre sera mon amant. Ce sera lui. Je le dirai à Karim. Je ne serai plus une petite fille. Je vais savoir, enfin, l'extase, l'orgasme, la magie, tout.

C'est ma voix, là, dans la chambre de Louise,

ma voix qui acquiesce, mime toutes les voix entendues, imaginées, les voix de toutes les filles, de toutes les femmes. Pierre croit que je suis exaltée, heureuse. J'aimerais que ce soit vrai mais ce n'est pas vrai. Et lui, est-ce qu'il ne triche pas ? Qu'est-ce qu'il fait ici avec moi ? Pourquoi moi ?

Je suis dans la chambre de Louise avec Pierre Kahn. Pierre a fermé les yeux à son tour. Son visage est contre le mien, si près que je ne le reconnais pas. Je vois un autre visage, un visage d'enfant. Il suffisait que Samuel me regarde pour me rendre heureuse, pour me faire mal. Cela m'importait peu au fond qu'il fasse un geste. J'attendais qu'il me dise : « Tu sais, Marie, je suis amoureux de toi, pas de Madeleine, pas d'Annabelle, de toi. » Pourtant, je n'aurais pas supporté qu'il le dise. Les mots auraient tout détruit.

Je regarde la lampe et les deux anges entrelacés. Pourquoi ai-je toujours pensé que c'était des anges ? Est-ce que deux anges peuvent s'aimer ? Je regarde les vêtements de Louise suspendus à la tringle, ma jupe orange sur la moquette blanche.

Nous nous retrouvons habillés. Nous ne nous

regardons plus. Pierre me propose une cigarette que j'accepte. Je n'ai pas envie de fumer.

Il s'assoit sur la bergère.

– Si tu veux, on pourra réviser le bac de français ensemble. En échange, je te donnerai des cours de maths.

Je ne lui réponds pas.

J'ai enfilé mon pull à l'envers. Il m'est impossible de le retirer et de le remettre à l'endroit. L'idée que Pierre me voie en soutien-gorge m'est insupportable, alors qu'il y a un instant, j'étais nue contre lui. Pierre écrase la cigarette directement dans la poubelle en inox. Il a les ongles rongés. Il essaie de me sourire mais il n'y arrive pas. Il cherche un disque. Il met du temps à le trouver. Je m'attends à un opéra ou à une messe. C'est un vieux truc de Simply Red. Il choisit la chanson *Heaven*, un slow magnifique. Il ne m'invite pas à danser.

Pierre écoute la musique, en fumant.

Il ne me dit plus rien.

Louise n'est pas rentrée. La maison est restée silencieuse.

Il ne s'est rien passé.

Ce matin qui est pourtant un matin comme les autres, je me suis réveillée avec la certitude qu'il vaudrait mieux pour moi que je retourne à la tiédeur de ma couette. Elle est chaude, elle sent bon, elle ne me donne aucune envie de la quitter pour aller me précipiter dans le froid qui commence exactement à la frontière du lit.

Il y a des jours comme ça, où il est préférable de ne pas aller regarder de près la couleur du ciel. Il faudrait pourtant que je me lève, que je m'habille, que je me fasse à l'idée que c'est un mardi, un jour de lycée comme tant d'autres.

Je souhaiterais de toutes mes forces la bénédiction d'une gastro-entérite, d'une angine avec complications, une angine aphteuse par exemple, une maladie très grave, pour avoir la paix. Mais je n'ai rien, aucun symptôme. Je ne pourrais même pas jouer sur le classique mensuel «J'ai mal au ventre», qui n'a jamais obtenu d'autre réponse de la part de maman que: «Tu en as pour des années, autant t'habituer tout de suite» ou encore le sempiternel: «La vie n'est pas un perpétuel bastringue, Marie!» Pourtant j'ai mal au ventre, comme si j'allais saigner brusquement. Ce serait si atroce cette fois que maman elle-même, grande philosophe de la vie quotidienne, craquerait devant mon martyre... Maman est dans la salle de bains. Elle chante *Singing in the rain*

Je reste devant ma tartine de Nutella et mon jus d'orange frais.

Je bois le jus d'orange, mange la tartine, en regardant les aiguilles de la montre. Le temps passe beaucoup moins vite quand on fixe les aiguilles d'une montre mais, en définitive, il passe.

Il est huit heures. Maman m'a mise à la porte. Je maudis le jus d'orange. Il ne passe pas.

Dans les reflets des vitrines, je ne reconnais pas immédiatement cette fille qui passe. Je me suis coupé les cheveux, très court.

Ça m'est venu d'un seul coup, cette envie,

après cet après-midi avec Pierre, il y a une semaine déjà.

Je suis rentrée à la maison, maman m'a embrassée comme d'habitude, sans remarquer le moindre changement en moi sinon les taches de Coca sur mon t-shirt, taches qui selon elle ne partiraient pas au lavage, ce qui signifiait que j'avais bousillé ce t-shirt blanc tout neuf et que je pouvais le jeter à la poubelle. Ce que j'ai fait.

J'étais devant le miroir de la salle de bains, j'écoutais maman qui tapait à la machine. Je suis partie à la cuisine, j'ai trouvé le sécateur dont maman se sert pour tailler les trois géraniums blancs que Gérard lui a offerts et dont elle essaie de s'occuper, résolution qui, je le sais, ne tiendra pas. Elle n'a pas la main verte.

J'ai dénoué mes cheveux, baissé la tête et j'ai taillé mes cheveux noirs, n'importe comment, très vite. Je me suis arrêtée quand j'ai ouvert les yeux et vu la masse noire sur le carrelage blanc.

Maman a hurlé : « Mais pourquoi tu as fait ça, ma Tchoupinette ? Qu'est-ce qui s'est passé ? Tes cheveux ! Tu te rends compte ? C'est un massacre ! Mais pourquoi ? Pourquoi ? » Elle a essayé, en pleurant, de réparer le désastre. Elle n'a rien réparé du tout.

Je n'ai pas envie de revoir Pierre. Depuis la semaine dernière, nous avons joué la même comédie, celle de deux copains, amis de Louise, de Valentine, de Rachel, habitués de la rue de Clichy.

Pierre n'a fait aucune allusion à cet après-midi. De temps en temps, il me regarde avec insistance et je détourne les yeux. J'ai eu droit à des compliments sur ma nouvelle coiffure. Il me dit que ça me va bien. Il le dit comme s'il avait besoin de me convaincre que ça n'a pas d'importance tout ça, que nous sommes toujours des copains et que ce n'est pas la peine de faire des drames. A-t-il parlé à Louise ? Qu'est-ce qu'il lui a dit ? Est-il possible qu'elle ne sache rien ?

Tous les deux m'évitent. En classe, je me mets du côté de la fenêtre et j'attends la fin de l'heure.

Le bus est coincé dans un embouteillage, boulevard Magenta. Tant mieux. J'arriverai en retard.

C'est le cours de Mme Pitard. Je suis devant

la porte avec mon billet de retard. Il va falloir frapper, affronter tous les regards. Je ne sais pas comment j'ai pu me trouver il n'y a pas si longtemps sur une estrade, en face de la classe, à lire le marquis de Sade. Maintant, je ne supporte plus le regard de Céline, d'Othello, de Rodrigue, de Dorothée. Ils m'ont fait passer hier un mot, pendant le cours de maths, où je séchais sur un contrôle, malgré toute la bonne volonté de Gérard. «Ils t'ont laissée tomber? T'étais prévenue, traître. C'était pas la peine de faire tant de manières. C'est eux qui t'ont rasé le crâne? T'as eu le temps de compter jusqu'à combien? Tu peux crever.» Je leur ai fait passer à chacun un mot, le même: «Minable!»

Devant cette porte, je me sens paumée mais je frappe fort.

Pitard n'entend pas. Elle est sourde à force de boire. J'entre. Je me concentre sur le visage de Pitard et m'attends à une crise comme elle en a l'habitude. Elle ne supporte pas les retards. Elle est toujours en classe bien avant que le cours ne commence.

Je ne regarde pas les visages des autres mais

je sens leurs regards posés sur moi. Eux aussi attendent que Pitard se charge de me descendre.

Elle vient aussitôt vers moi. Tous ses vêtements sentent le vin. C'est si fort que j'ai envie de vomir, de me sauver pour ne pas avoir à affronter cette odeur à neuf heures du matin.

– Où sont Louise et Pierre?

La question résonne dans la classe. Je me surprends à chercher Louise et Pierre et à découvrir leurs places vides.

Pitard m'entraîne hors de la classe.

– Marie, vous ne savez pas où ils sont? Vous n'étiez pas ensemble? Je suis inquiète pour Louise. Il est question d'un renvoi. Le conseil a lieu dans trois jours. Il n'y a que moi pour la défendre, mais moi, vous savez... J'ai vu sa mère, hier. Elle est bien, cette femme.

– Je dois aller chez Louise, Mme Pitard, tout de suite.

Pitard me retient par le bras. Son visage violacé, son petit chemisier étriqué, en Nylon vert anis, boutonné jusqu'à l'étrangler, sa jupe bleue plissée, et ses bas épais comme ceux que portent les femmes qui ont des varices, me font mal. Elle me lâche. Sa voix me parvient tandis que je dévale l'escalier. «Je suis obligée de vous marquer absente, Marie. Obligée.»

Rue de Clichy, la porte bleue refuse de s'ouvrir. Je n'insiste pas. Je vais téléphoner dans la cabine d'un café qui pue le tabac et l'urine. Un type m'a repérée et me fait des compliments sur mes fesses. Il se plante devant la cabine et ne me lâche pas des yeux. Je cherche de la monnaie. Je n'en ai pas.

– Tu veux des pièces? me dit le type en me tendant deux pièces de un franc que je prends sans répondre. Les pièces sont poisseuses. Je les jette dans l'appareil.

C'est Rachel qui décroche.

– Viens tout de suite. Je t'ouvre la porte. Louise ne va pas bien.

Elle a pleuré, elle a la voix d'une vieille femme. Une image surgit: Louise dans la chambre recouverte de ses vêtements qui sont tombés, ses deux jambes très blanches.

Quand je sors de la cabine, le type continue

à répéter sa phrase: «Tu as de belles fesses chérie, tu as de belles fesses ché...» Soudain, je le reconnais. Je l'ai déjà vu rôder place de Clichy à la sortie du lycée.

– Tire-toi!

Il me regarde. Il doit avoir plus de quarante ans. Il comprend que je suis trop vieille pour lui. Il me laisse filer.

De l'autre côté du trottoir, Rachel m'attend à la porte.

C'est la première fois que je la vois ainsi: les cheveux défaits, les yeux gonflés, une chemise froissée sur un pantalon taché de peinture. J'aperçois des rides que je n'avais jamais vues au-dessus des lèvres et au coin des yeux. Elle m'embrasse et m'entraîne dans la cuisine. «C'est bien que tu sois venue, Marie.»

Dans la cuisine, Charles fait du café. Ce n'est pas le premier café, à voir toutes les tasses posées sur la table. Il me salue et, pour la première fois, il m'embrasse en me serrant légèrement dans ses bras. Lui non plus n'a pas dormi.

Il y a des vestiges de repas, un poulet rôti à peine entamé, une salade verte que personne n'a songé à goûter, des miettes d'un gâteau au chocolat et partout, posés à même le sol, des cendriers bourrés de mégots, des filtres dorés, les cigarettes russes de Rachel et de Louise.

Louise est effondrée sur la table en marbre. Son visage est enfoui sous la masse de ses cheveux. Je lui touche le bras. Pierre et Valentine ne sont pas là.

– Tu devrais monter là-haut avec Louise et lui parler un peu. Elle en a besoin, me dit Charles en m'aidant à soulever Louise qui me regarde comme si elle ne me reconnaissait pas.

Charles tend un café et une tartine de beurre à sa femme. Elle hésite mais finit par accepter en lui souriant. Je les laisse seuls.

Dans la chambre de Louise, je rencontre Pierre. Je fais comme si je ne le voyais pas. J'ai appris l'art du silence, moi aussi. J'écarte Pierre qui veut m'aider.

Je couche Louise sur son lit, ce lit où Pierre a décidé que je n'étais plus une petite fille. Je lui caresse les cheveux. Louise fait le geste de nous gommer. Elle ne veut pas nous voir. Elle se retourne et ferme les yeux. Dans le couloir, je me retrouve avec Pierre. Je ne sais pas où aller; je m'assois là, par terre, contre le mur. Pierre reste debout.

– Où est Valentine?

– Elle dort, viens. Ne reste pas là.

Il m'entraîne là-bas, dans la chambre où nous avons dormi la première fois que j'ai franchi le seuil de cette maison. Non, cette fois, ce n'est plus possible. Qu'est-ce qu'il s'imagine? Jusqu'à quand ça va durer?

J'attrape Pierre par le col de son blouson blanc, et je me mets à lui cogner dessus: «Tu vas parler, Pierre! Tu vas parler! Tout ça, c'est de ta faute! C'est toi, le salaud qui fait mal à tout le monde, à tous ceux qui t'approchent! Tu vas parler! J'en ai assez! Tu m'entends? J'en ai assez! Je ne suis pas Dorothée Rigaud, moi!»

Pierre saisit mes poignets et me fait mal. Il met sa main sur ma bouche.

- Tais-toi, Marie! Rachel et Charles nous entendent. Ils ont assez de problèmes. Viens. Ne sois pas stupide. Je vais te dire

Nous nous retrouvons dans la chambre d'amis. C est une chambre bleue, avec deux lits, une table, une chaise, une cheminée et sur la cheminée une azalée blanche et un vase de lilas mauve. Personne ne dort jamais là, mais Rachel ne peut pas s'empêcher de mettre des fleurs pour l'ami qui viendrait. Je m'allonge sur un des lits. Pierre s'approche de moi.

– Ne me touche pas. Ça ne marche plus. Je m'en fous.

Pierre s'éloigne. Il s'assoit sur la chaise. Il ronge son index droit. Il arrache l'ongle. Le doigt saigne. Pierre l'essuie sur la manche de sa chemise.

– Je suis désolé de ce qui s'est passé, Marie.

– Désolé, tu es désolé? Mais il n'y a pas de quoi, c'était un moment sympa, non?

– Tu ne comprends pas.

– Non, je ne comprends pas mais j'en ai marre. Si on jouait au jeu de la vérité, Pierre, à répondre oui ou non? Tu adores ces jeux-là toi aussi, non? Tu peux me demander par exemple: «Tu es vierge, Marie?» La réponse est non, je crois. Voilà, j'ai commencé, à toi.

Pierre n'a pas le temps de parler.

Les larmes ne peuvent s'empêcher de couler.

Je reste là, adossée contre le mur, les yeux fermés et j'attends qu'elles s'arrêtent. Ça m'est égal que Pierre les voie.

Pierre tient sa tête dans ses mains et masse son front, il retire ses lunettes. Il est très beau et il n'a pas l'air d'un salaud. Son regard croise le mien mais c'est lui qui détourne les yeux et commence à parler en fixant le sol.

– Je te répète que je suis désolé. Tant pis si tu ne le crois pas. J'aurais dû te le dire plus tôt mais tu es restée silencieuse, tu as dit oui, tu m'as suivi et puis tu n'as plus rien dit. J'étais, je suis amoureux de toi, Marie, mais toi, tu ne l'es pas. Je le savais mais j'ai fait comme si je ne le savais pas. Voilà, c'est tout.

Les murs de la chambre sont nus. Pas un seul tableau, pas une seule photo, rien.

– Louise est au courant?

– Je ne lui ai rien dit mais elle a deviné.

– Elle m'en veut?

– Pas du tout. Elle attendait que tu lui parles. Pourquoi crois-tu qu'elle t'en voudrait?

– Parce qu'elle est amoureuse de toi, je le sais.

– Louise? Louise?

Pierre éclate de rire, un rire dur sans aucune gaieté. Il vient vers moi, me prend dans ses bras, m'embrasse le front. Il sent bon. Il a des cernes bleus sous ses yeux qui brillent.

– Il n'y a jamais rien eu entre Louise et moi. Pas même un baiser, rien. Je la connais depuis longtemps, nos mères sont des amies d'enfance. On est nés le même jour, dans deux jours, le 29 mai, tu ne le savais pas?

– Non.

– Louise, c'est comme ma sœur. Valentine aussi. Titine.

Pierre en disant cette phrase regarde en direction du couloir, les traits de son visage sont tendus, il retire son bras qui avait serré mon épaule. Il s'assoit au bord du lit en poussant mes pieds pour avoir plus de place. Il me sourit. Il attend mes questions.

– Pourquoi tous ces ragots sur vous?

– Ça amusait Louise. Elle est détraquée. Elle tourne pas rond depuis que ses parents ne se parlent plus, depuis autre chose aussi.

Pierre allume une cigarette et cherche un

cendrier. Il n'y a en a pas dans la chambre. Je me lève et lui tends la soucoupe sur laquelle repose l'azalée blanche magnifique. J'ai une pensée pour les trois géraniums de maman qui vont crever de soif, bientôt.

– Hier, Charles et Rachel n'étaient pas là. Ça arrive souvent, tu sais. Ils vont se séparer sans doute. Je ne sais pas. Ce n'est pas sûr.

– Valentine s'est encore sauvée?

– Oui, mais cette fois, elle n'était toujours pas rentrée quand Rachel et Charles sont revenus. C'est Charles qui s'est aperçu de la disparition. Louise s'était endormie dans la cuisine. Il a appelé chez nous. Rachel était venue passer la soirée avec ma mère. Il était un peu plus de cinq heures du matin. J'ai voulu raccompagner Rachel. Tu l'aurais vue, elle était complètement détruite. C'est une femme bien, tu sais. Pas du tout la femme que décrit Louise. Elle est malheureuse, c'est tout.

Je comprends, tandis que Pierre parle, que je n'ai jamais été proche de cette famille dont Pierre fait partie. J'ai tout faux, zéro pointé. J'ai été nulle comme toute la bande de Céline Boudard. J'avais seulement raison de penser certains jours que l'existence est assez nulle. Je prends la main de Pierre. Je lui présenterai Karim et nous écouterons ensemble «Pas de printemps pour Marnie».

– C'est moi qui suis désolée, Pierre.

– Pourquoi tu dis ça?

Je fais le geste de Louise. Je ne trouve pas les mots.

– Ce sont les flics qui ont ramené Valentine.

– Les flics? Mais pourquoi? Qu'est-ce qui lui est arrivé? Pierre, elle n'a rien?

– Rien de grave. Toutes les nuits où elle disparaissait, elle allait tagger les murs, elle allait écrire des injures sur les murs de l'immeuble de ce type dont Louise t'a déjà parlé.

Je vois Valentine, son blouson en cuir trop grand pour elle, ses Doc Marten's de loubarde, ou ses baskets passées à la bombe fluo jaune. Elle court les rues avec des copains pour bombarder sur les murs sa haine pour l'amant de sa mère.

– Il a porté plainte. Les flics ont mis l'immeuble sous surveillance.

– Ils ont coincé Valentine?

– Elle n'a pas voulu dire son nom. Elle a fini par craquer. Ils l'ont ramenée ici à six heures.

Pierre laisse tomber sa cendre par terre. Il faudra la ramasser. Ce n'est pas possible, la cendre, ici, par terre.

Je vais ouvrir la fenêtre. Il fait incroyablement beau. Il peut se passer n'importe quoi, n'importe quel massacre, le ciel s'en fout. Pitard a fini son cours depuis longtemps. C'est l'heure de la récré. Ils sont tous dans la cour. Ils se demandent ce que nous faisons. Céline Boudard serait capable de faire un emprunt à la banque pour le savoir.

– Pourquoi Louise ne prévenait pas ses parents? Pourquoi elle n'a rien dit? Et toi, pourquoi tu n'as rien dit? Vous saviez qu'elle rentrait tard quand Rachel et Charles n'étaient pas là.

Pierre me rejoint à la fenêtre. Il regarde lui aussi le jardin, la table et les chaises peintes en bleu comme la porte.

– J'aurais dû mais je ne savais pas encore que tout ça, c'était des mensonges, des inventions de Louise.

– C'est quoi ces mensonges, Pierre?

Louise est dans la chambre. Nous n'avons rien entendu.

- Vous contemplez la verdure tous les deux? Je vous dérange?

Louise sort de sa douche. Des gouttes d'eau tombent sur le sol ciré.

Elle a enfilé un t-shirt mais il est trempé par les cheveux qui descendent jusqu'à la taille.

– Tu vas attraper froid, Louise.

– Je m'en fous.

Louise tord ses cheveux. Elle contemple les gouttes d'eau.

– Tu as bien fait de te couper les cheveux, Marie. Je vais faire la même chose, moi aussi.

– Ce serait dommage.

– Dommage pour qui?

Elle s'allonge sur le lit. Elle sort de son peignoir les cigarettes russes et demande à Pierre de lui en allumer une. Elle aspire la fumée très fort. Elle est tellement triste, Louise, la fille lumineuse du mois de septembre.

– C'est quoi ces mensonges, Pierre? Qu'est-ce que j'ai inventé?

– Je n'ai pas envie d'en parler. On verra ça tous les deux, plus tard.

– Pourquoi? C'est le jeu de la vérité, non? Alors, allons-y. Pose des questions, Marie. C'est ton tour, maintenant.

Je ne sais pas quoi lui dire. J'ai peur. Je ne veux pas qu'elle ait mal. Louise a croisé les jambes. Elle attend.

– Je n'ai pas pu te parler parce que je croyais que tu aimais Pierre.

– Mais j'aime Pierre. N'est-ce pas, Pierre, que je t'aime?

– Ce n'est pas moi que tu aimes.

Pierre et Louise se regardent. Pierre s'est assis par terre au chevet de Louise, comme si elle était très malade. Je m'attends à ce qu'il prenne son visage entre ses mains comme il l'a déjà fait.

– C'est fini, Louise. Je sais maintenant. J'ai

parlé à mon père, cette nuit. Il m'a tout dit. Il ne s'est rien passé. Tu as tout inventé.

Je reste à l'écart, dans un coin de la chambre. Ils se parlent. Ils ont oublié ma présence. Je n'ai jamais été là. Je n'ai jamais eu la moindre place dans leur histoire.

De temps en temps, Louise coupe la parole à Pierre. Elle dit toujours: «Ton père est une ordure.» Pierre continue à expliquer inlassablement la même chose. Louise a inventé une histoire qui n'existe pas. Elle a voulu croire que le père de Pierre était amoureux d'elle. Elle a écrit des lettres imaginaires au père de Pierre, le chef d'orchestre, l'amateur d'opéras et de messes. Valentine les a lues et a menacé Louise de tout dévoiler à leurs parents. Chacune gardait le secret de l'autre.

Pierre n'entend pas que la voix de Louise change. Elle dit la même chose mais d'une manière différente. Son teint est de plus en plus pâle. Les veines sont bleues sous la peau très blanche. Une veine bat très vite sur la tempe gauche. «Ton père est une ordure... Ton père est une ordure, toi aussi, vous tous, ton père...»

Tout à coup, une idée me traverse tandis que j'attends la crise de nerfs de Louise qui ne va pas tarder, une idée évidente qui balaie toutes les images de Louise : Louise déguisée en femme du monde, robe du soir noire et talons hauts, Louise et sa légende de garce, d'ensorceleuse aux cheveux roux aspirant ses longues bouffées de cigarette... Louise est vierge, aucun garçon ne l'a approchée, jamais.

– Arrête, Pierre, arrête !

Il est trop tard. Louise se met à trembler. Pierre la retient, lutte avec elle. Soudain, Louise s'arrête. Nous restons muets à écouter ses gémissements de petite fille. Je l'ai prise dans mes bras. Je caresse ses cheveux mouillés, je la berce, longtemps.

– Laissez-moi. Allez-vous-en, tous les deux. Laissez-moi seule.

Je ferme la fenêtre. Dehors, il fait chaud mais Louise tremble de froid.

J'ai oublié ma clé. C'est Claire qui ouvre la porte.

Dans le salon, il y a des copains de maman et

parmi eux Gérard, qui remarque tout de suite que je n'ai pas l'air dans mon assiette. J'aime bien Gérard. Il est grand, il est maigre et il a l'air complètement paumé dans la vie. Ça me rassure. Je ne suis pas la seule.

Ils se sont tous réunis pour faire une surprise à maman qui a quarante ans aujourd'hui.

– Tu n'as pas oublié, Marie? me dit Claire en faisant une apparition dans le salon, avec un plateau sur lequel elle a posé une douzaine de coupes de champagne.

Si, j'ai complètement oublié. Maman a quarante ans et j'ai oublié.

D'habitude, j'entends parler de son anniversaire trois mois à l'avance et elle est tellement angoissée qu'elle fait n'importe quoi. L'année dernière, après avoir répété, comme d'habitude, qu'elle détestait son anniversaire et qu'elle ne le fêterait pas sauf avec Claire, elle s'est acheté cinq paires de chaussures d'un coup, dont deux paires qu'elle n'aimait pas et qu'elle m'a données.

Je n'ai rien pour elle. Pas un cadeau, rien. Je ne suis plus une petite fille et je ne peux pas me rabattre sur l'éternel dessin ou le porte-monnaie en feutrine que je pourrais faire en cinq minutes. Je n'ai plus un sou.

Les dernières pièces ont été données au chauffeur de taxi qui m'a raccompagnée de la place de Clichy à la maison. C'est la première fois que je décide de prendre un taxi, seule, que je claque la portière et que je dis: «Roulez, je vais dans le centre de Paris, passez par le boulevard Magenta.» Cette phrase m'a coûté soixante francs. J'ai vu jusqu'au dernier moment la silhouette de Pierre sur la place de Clichy. Je me suis bien calée dans la voiture et je me suis laissée glisser dans la fatigue. Plus le taxi s'éloignait de Pierre, de Louise, de Rachel, de Valentine, de Charles, de la maison aux géraniums-lierres, plus j'avais le sentiment que quelque chose mourait.

– Tu crois qu'elle va encore tarder, Gérard? demande Claire pendant qu'un copain d'enfance de maman, Marc, met le disque de John Lennon: *Imagine.*

Il y en a qui trouvent les opéras et les messes «sublimes», moi c'est cette chanson que je trouve sublime et qui me fait craquer.

Gérard m'a prise par les épaules. Il me regarde intrigué, mais il ne me demande rien.

– On fait une surprise à ta mère. Quarante ans, ça se fête quand même. Je lui ai acheté une paire de chaussures.

Gérard disparaît et revient avec une boîte qui contient la plus belle paire de pompes de l'univers, blanches, et hyperclasse.

– Tu crois que ça va lui plaire? me demande Gérard, qui j'en suis sûre est prêt à courir à l'autre bout de Paris si je lui dis non.

– Elle va adorer. Elles sont géniales.

– Tu as une petite mine, Marie. Tu veux boire quelque chose?

– Gérard, est-ce que tu peux me passer deux cents balles? C'est urgent, je te les rendrai. J'ai rien pour l'anniversaire de maman.

Gérard me tend le billet sans rien dire. Si maman se débrouille encore une fois pour manquer un homme pareil, je ne lui adresse plus la parole.

Je reviens à la maison avec un bouquet de roses mauves.

Maman est arrivee avant moi. Elle m'embrasse comme si elle ne m'avait pas vue depuis huit jours. En réalité, ça fait huit mois qu'elle ne m'a pas vue.

Elle porte une robe à fleurs que Claire lui a offerte, tous les bijoux qu'elle a reçus, trois chapeaux sur la tête et les chaussures de Gérard. Elle n'a pas les yeux cernés. Elle rit. Elle danse avec Gérard sur *Only You*.

Je les regarde. Ils ont tous au moins quarante ans. Timothée est au piano et ils crient tous le refrain en imitant les voix des crooners.

Je pense à Louise que j'ai laissée toute seule dans sa belle maison sinistre. Je n'arrive pas à danser et quand Claire remet pour la deuxième fois *Imagine*, je les laisse et je vais m'enfermer dans ma chambre.

Je cherche tous les cadeaux que Samuel m'a offerts à mon anniversaire. Il y a surtout un carnet-coffre fort bleu avec des petits cœurs jaunes. J'avais écrit une phrase, fermé à clé le petit carnet et perdu la clé.

Je cherche un outil, un tournevis, n'importe quoi, et j'ouvre le carnet. Toutes les pages sont blanches sauf une. C'est mon écriture qui dit en grandes lettres tordues : « *J'AIME SAMUEL.* » J'avais six ans. Là-bas, dans le salon, la fête continue.

J'ai hâte de vieillir.

J'ai donné rendez-vous à Karim sur l'esplanade de la Défense. Il est en retard. Je sais qu'il viendra. Il était tellement content de m'entendre.

Je sèche les cours. Ça n'a plus d'importance maintenant. Le bac de français est passé et les profs sont vraiment naïfs de penser qu'ils pourraient avoir un seul élève de première après le bac. Il paraît que la classe n'est plus représentée que par Dorothée Rigaud et Céline Boudard. C'est Rodrigue que j'ai vu par hasard devant un ciné qui me l'a dit.

Au bac, je suis tombée sur un texte de Diderot. A l'entretien, je ne sais pas ce qui m'a pris. J'ai parlé tranquillement des *Bijoux indiscrets*, de Crébillon, de Laclos et de Sade. Je savais que Louise ne se présenterait pas au bac, qu'elle était partie avec Rachel à la suite du drame se reposer chez sa grand-mère. C'est à elle que je pensais en regardant l'examinateur. J'ai conclu en disant que l'érotisme pouvait être terrifiant.

Il ne s'est pas du tout passé ce que j'avais prévu. Je m'attendais à ce que le prof pique une crise comme Tresalet, j'aurais été éliminée, j'aurais écrit une lettre à Louise pour lui dire que j'avais raté mon bac. L'examinateur m'a dit que mon exposé était «passionnant» et il m'a collé un 18.

Karim n'arrive toujours pas. Il paraît qu'il a un truc incroyable à me raconter. Moi aussi, j'ai des trucs incroyables à raconter, mais je ne les raconterai pas. Je ne prononcerai pas le nom de Louise ni celui de Pierre qui m'a annoncé qu'il changerait de lycée, l'année prochaine. Je ne sais même pas si Louise sera encore là et il y a de fortes chances pour que, en septembre, je me retrouve entre Céline Boudard qui va crever de ne pas savoir pourquoi Louise n'est pas revenue au lycée depuis un mois et de Dorothée Rigaud qui continuera à m'insulter. Rodrigue voudra m'emmener au cinéma et Othello sera jaloux. La routine, l'ennui.

Karim arrive sur ses rollers, droit sur moi. Il va m'écraser mais il tourne sur lui-même à un mètre, achève la figure par un grand écart, incline la tête sur son genou. J'applaudis.

– Tu deviens vraiment génial.

– C'est le truc que je prépare pour mon prochain concert où tu viendras. Salut, princesse. Mais qu'est-ce que tu as fait à tes cheveux?

– Je les ai coupés.

– Faut que je m'habitue. C'est pas mal. Ça fait rock star.

Karim essaie de se relever.

– C'est galère le grand écart sur des rollers. Ça va tout seul mais pour se relever, bonjour.

Je l'aide comme les nanas dans les cirques qui ne font absolument rien d'autre que tendre les quilles au jongleur, présenter le héros au public et surtout, dans les moments difficiles, montrer leurs belles cuisses. Je désigne Karim, qui est enfin debout, au public de l'esplanade. Un petit groupe s'est formé autour de nous. Ils applaudissent.

– Génial! Génial! Tu me donnes une idée canon pour le concert! J'arriverai sur scène comme je viens de le faire et une superbe nana, toi par exemple, m'aidera à me relever. Ça va être le délire dans la foule! Faudrait juste que tu portes un body et des bas résilles noirs. Tu pourrais pas te teindre les cheveux en vert?

– C'est ça. J'aurai aussi des talons aiguilles rouges, un fouet et un fume-cigarette.

– Super! T'imagines le plan d'enfer? Tu le ferais, Marie, pour un vieux copain d'enfance?

– Mais ça va pas la tête? Tu me vois?

– Très bien. Qu'est-ce que ça peut te faire? Une nana qui est capable de lire des textes pornos devant toute une classe peut faire n'importe quoi. Tu es exactement la nana que je cherche. Tu as toujours été la nana que je cherche.

Karim me regarde droit dans les yeux en disant cette phrase. Il n'a ni lunettes noires ni cheveux gominés. Il me fait un sourire un peu triste. Il pense à la même chose que moi, à cette scène atroce chez lui où je suis partie en étant sûre que je ne le reverrais jamais.

– Je disais ça comme ça, Marie. Je suis content, tu sais, que tu m'aies rappelé. J'avais plus aucune nouvelle, j'étais mort d'inquiétude, je prenais des calmants la nuit, je me saoulais, je crevais d'avoir perdu ma vieille copine. Pendant que je mourais, qu'est-ce que tu faisais? Je suis sûr que tu bronzais au bord d'une piscine, c'est ça, non?

– Exactement. J'étais en pleine forme.

– Ça va aller encore mieux quand je vais t'annoncer un truc dément qui s'est passé la semaine dernière. T'aurais dû m'appeler la semaine dernière. Si tu savais!

J'ai envie que Karim s'arrête de parler. Je lui fais une bise sur la joue. Il s'est bien rasé. Il sent l'after-shave, parfum vétiver, mon préféré.

– Ecoute, Karim, j'ai pas envie qu'on parle tout de suite. Tu as apporté tes nouvelles cassettes? J'ai envie d'écouter de la musique. Ça s'appelle toujours «Pas de printemps pour Marnie», ton groupe?

– Non, laisse tomber, c'était nul. Maintenant, ça s'appelle «Fenêtre sur cour». C'est mieux, non? Je suis tombé raide mort de Grace Kelly. Tu connais le film?

J'éclate de rire. Ça fait longtemps que je n'ai pas ri. J'ai bien fait de rappeler Karim. Il n'y a que lui pour me faire rire et pour me faire croire que la vie est un perpétuel bastringue.

Je me repose sur l'épaule de Karim et j'écoute la musique. Ce sont des ballades très douces, très tendres qui rappellent les Beatles, et d'autres qui reprennent des vieux standards américains, comme dit Karim.

– Tu as fait des progrès dingues. C'est vraiment beau. Je crois que je viendrai à ton prochain concert.

– C'est sûr que tu viendras, dit Karim soudain sérieux. C'est ça que je veux te dire depuis tout à l'heure mais tu voulais rien entendre.

– Qu'est-ce qui se passe?

– T'es assise? Ça va? T'es prête à écouter une nouvelle qui va te flinguer? Si tu t'évanouis, pas de problème, je joue le rôle du prince charmant et je te réveille.

Je n'ai plus rien envie d'apprendre mais Karim a les yeux qui brillent. Il est incapable de m'annoncer une catastrophe. C'est un garçon qui ne peut pas rencontrer de catastrophes. Le contraire de moi.

– J'étais à un concert des VRP la semaine dernière. Tu connais?

– J'ai vu des clips, j'aime bien, et alors? C'est ça ta nouvelle incroyable?

– Tu sais ce qui s'est passé?

– Mais non! Comment tu veux que je le sache?

– Je suis monté sur scène.

– Pour jouer avec les VRP?

– Ça va pas? Tu crois que des pros vont prendre un petit mec comme moi pour faire un bœuf?

– J'en sais rien, moi.

– Je suis monté sur scène pour slammer.

– Slammer? Qu'est-ce que c'est?

– Depuis que tu fréquentes les hôtels particuliers, t'as plus de vocabulaire. Tu les revois toujours?

– J'ai pas envie de parler d'eux, Karim. Laisse tomber.

– Slammer, ça veut dire que tu montes sur scène, tu te jettes sur le public qui te porte, comme sur une vague. Tu vois le truc.

– S'il y a des mecs de cent kilos qui font ça,

ça doit pas être spécialement rigolo. Heureusement que tu pèses pas lourd.

J'ai fait une gaffe. Karim a toujours fait un complexe sur sa taille et sur son poids. Il aurait voulu ressembler à Stallone. Il reste silencieux. Je regarde l'arche de la Défense. C'est beau. Il faudrait qu'on y monte une fois. De là-haut, ça doit être plus facile de respirer.

Tout à coup, Karim se lève. Je reste assise. Il me regarde et me dit brusquement :

– Tu sais sur qui j'ai atterri, ma vieille ? Devine. Allez, devine.

Je ne dis rien. Ce n'est pas possible. Ce n'est tout simplement pas possible. Je dois faire erreur.

– Sur Jonas ?

Je pose cette question sans y croire, uniquement pour empêcher Karim de répondre tout de suite. Il sourit. Il a compris mais il fait comme s'il ne comprenait pas. Il joue le jeu.

– Non, pas sur Jonas.

– Sur Bertrand ?

– Non, pas sur Bertrand.

– Sur Annabelle ?

– Presque.

J'ai mal, la même douleur toujours, exactement la même, celle que je ressens quand je fais des rêves de chute, quand je prends des ascenseurs qui montent trop vite, celle que j'aurais voulu ressentir quand Pierre m'a prise dans ses bras.

– Ce n'est pas vrai.

– Mais si, ma vieille. C'est comme ça, la vie, c'est génial. Je suis tombé sur lui, c'est le cas de le dire.

Karim est très content de sa phrase. Il la répète et il se marre. Moi, je n'arrive pas à rire. Ce serait pourtant bien de pouvoir rire, quand on a le cœur qui va exploser et qu'on se sent ridicule parce qu'on a envie de sauter, de voler, de fermer les yeux.

– On a pris un pot après le concert. Il a tout de suite parlé de toi. Je lui ai un peu raconté que tu n'avais pas été très en forme cette année. Il m'a dit qu'il serait content de te revoir. Je me suis renseigné. Il est libre. Pas de nana à l'horizon. J'étais sûr que tu me poserais la question. Il n'a pas du tout changé. C'est le même. C'est Sam, quoi. On va faire de la musique ensemble.

C'est lui qui a trouvé le nom de mon groupe. «Fenêtre sur cour.» On a vu le film ensemble. Il dit que c'est le meilleur film de Hitchcock. Ça va, Marie, ça va?

– Recommence. Comment ça s'est passé exactement?

Je laisse Karim parler. Il est si fier de m'épater, de me raconter une histoire qui vaut tous les poèmes de Rimbaud.

Karim n'a plus rien à dire. Il met des cassettes des Beatles. Heureusement, il n'a pas *Imagine*.

Le soleil est rouge et le ciel reste blanc. Il a fait trop chaud aujourd'hui. Je serre la main de Karim. Il se lève et il m'entraîne dans un rock. Pour la première fois, je ne fais aucune faute.

A partir d'aujourd'hui, je laisse repousser mes cheveux.